スナックちどり

千鳥酒館

吉本芭娜娜

陳寶蓮——譯

千鳥酒館

作者：

吉本芭娜娜

一九六四年生，東京人，日本大學藝術學文藝科畢業。本名吉本真秀子，一九八七年以小說《我愛廚房》獲第六屆「海燕」新人獎，正式踏入文壇。一九八八年《廚房》榮獲泉鏡花文學獎，同年《廚房》、《泡沫／聖域》榮獲藝術選獎文部大臣新人獎。一九八九年以《鶇》贏得山本周五郎獎，一九九五年以《甘露》贏得紫式部文學獎，二〇〇〇年以《不倫與南美》榮獲文化村杜馬哥文學獎。

為日本當代暢銷作家，作品獲海外三十多國翻譯及出版。於義大利一九九三年獲思康諾獎、一九九六年的Fendissime文學獎〈Under 35〉和銀面具文學獎等三項大獎。

著有《廚房》、《泡沫／聖域》、《甘露》、《哀愁的預感》、《蜥蜴》、《白河夜船》、《蜜月旅行》、《無情／厄運》、《身體都知道》、《N・P》、《不倫與南美》、《鶇》、《王國vol.1 仙女座高台》、《虹》、《羽衣》、《阿根廷婆婆》、《盡頭的回憶》、《王國vol.2 悲痛、失去事物的影子，以及魔法》、《王國vol.3 祕密的花園》、《雛菊的人生》、《食記百味》、《王國vol.4 另一個世界》、《喂！喂！下北澤》、《橡子姊妹》、《甜美的來生》、《地獄公主漢堡店》、《生命中最重要的一年》、《這樣那樣生活的訣竅》、《在花床上午睡》、《原來如此的對話》（和心理學家河合隼雄對談）等。

譯者・・

陳寶蓮

輔仁大學日文系畢業、文化大學日文研究所碩士。曾任東吳大學日文系講師，中國時報編譯。譯有《身體都知道》、《不倫與南美》、《王國 vol.1 仙女座高台》、《虹》、《羽衣》、《阿根廷婆婆》、《王國 vol.2 悲痛、失去事物的影子，以及魔法》、《王國 vol.3 祕密的花園》、《王國 vol.4 另一個世界》、《食記百味》、《橡子姊妹》、《甜美的來生》、《地獄公主漢堡店》、《生命中最重要的一年》、《在花床上午睡》等。

啊！年輕的漁夫杜納，我已變成能夠陪你出海、
絕不讓你後悔、最適合你的女人。
當初，愛上你時，我還是個年輕的女孩，
如今，對你的稚嫩相思，已變成真摯的深愛。

哦！年輕的杜納，高貴的你，
金黃色的頭髮蓋住美麗的額頭，
數不清的年輕姑娘，被你奪走芳心。
那天，我依照約定，在羊圈旁等你，一直、一直等著，
頻頻呼喚你的名字，卻只聽見羊群的叫聲。
那是個下雨的黑夜，我們溜出去時，

我踩空石階，摔了下來，但你沒有伸手扶我，
對摔倒的我，也沒有一句溫柔話語，
那時我才發現，你並不愛我。

出自愛爾蘭Connemara地方的清唱民謠〈年輕的杜納〉

聽說靠近英國康瓦爾郡邊緣的彭贊斯……沒有值得一看的風景。旅遊書上也幾乎沒有介紹。

除了夏至那天有個罕見的祭典外，其他季節的相關活動，都不出名。再往西走，有個Land's End，是如字面意義「陸地盡頭」的著名景點。那裡只能看到英國西部最邊陲的陡峭懸崖，但是觀光客很多。因為還有

一個觀賞懸崖後可以順路過去的露天遊樂園，去到那裡，可以消磨一天。

結果，我一次也沒去。

因為光是彭贊斯，已經有充分的邊陲感覺了。

我好像掉進狹縫裡的貓，被那個小鎮完全吸收。

那裡沒有環狀列石，也沒有雕刻在山腰上的謎樣纖瘦白馬。在亞瑟王的傳奇中，康瓦爾郡的光與影深深醞釀出來的神祕氣息，並沒有籠罩這裡。只潛藏了一點點傳奇的氛圍。

這裡只有淺藍色的海、寂寥的港口和新鮮的魚貝類。

是個海風悶悶茫然吹拂、讓人無端感到寂寞的地方。

是個海邊特有的透明光亮照出人們身影、讓那些影子像是幽靈的透明場所。

再走遠一點，是名為聖麥克爾山、以海上城堡和教堂為最大賣點的地方。

退潮時，遊客可以走到那個小島上，滿潮時，只能坐船過去。在法國，有個和她像姊妹般的世界遺產聖米歇爾山，是觀光勝地。比較起來，聖麥克爾山雖然有著同樣意思的名字，卻是非常冷清的鄉下，觀光客也少。這個悠閒舒適的小島，只有巨人住過的傳說。

可是，我和千鳥好像被彭贊斯迷住似的，連住四晚。延遲返回倫敦的預定行程，連續住在收費相當高的旅館。表面上，是因為飯店的早餐超級好吃。

其實不然。

我們彷彿被那個小鎮的孤獨纏住、擄獲。

我和千鳥共同擁有的寂寞，在鎮上的空氣中得到回應，小鎮對我們施展魔法。那是一種矇蔽眼睛的魔法、消去時間的魔法。

我們在那裡度過一段有如轉生為幽靈般的不可思議時間。

我和感情很好的表妹千鳥相約在倫敦碰面，是一切的契機。

千鳥的父母在她小時候離婚。

父親從此杳無消息。

千鳥的母親是我媽媽的妹妹，千鳥十歲時，阿姨因為過度勞累，帶原的C型肝炎惡化成肝硬化，突然過世。阿姨是精明幹練的職業婦女，離婚後不願意投靠娘家，獨力撫養千鳥，身兼好幾份工作，因此累壞了。從她病倒失去意識到死亡，只有短短的時間。

當時我以為我們家要領養千鳥，可是和外婆感情很親的她，選擇和外公外婆同住。

從那以後，媽媽非常關心千鳥，和外公外婆的關係也更親密。我雖然不常去外公家，但一直知道千鳥的情況，和她有著若即若離、但像姊妹般的親近感。

爸媽好幾次提議要出錢幫忙，但是外公堅決不接受。只說緊急時會有所求，但他們從來沒有求助過。

千鳥一直和他們住在一起。

外公和外婆是青梅竹馬，在火車站後面的雜亂小巷裡出生長大。

那是一天二十四小時人來人往、有很多小酒館和飲食店、但沒有色情店的小餐飲街。

他們在那種人際關係中相識、戀愛、結婚，經營一家朋友當作結婚賀禮頂讓的小酒館。

原來的老闆知道外公以前在飯店吧臺做過酒保，願意讓他試試。

那是酒館文化的全盛時期，外公的店也生意興隆。滿座有權有勢的老顧客。每晚進很多瓶酒，某個會長客人還慷慨出資，酒杯全都換成巴卡拉水晶杯。

那是一座小巧雅致的獨棟樓房，一樓是酒館，店面後頭有個小房間，房間後面是通往二樓的樓梯。

他們一直住在開放式隔間、加大窗戶的二樓。樓下的店面兼做客廳，小房間幾乎當作倉庫，二樓是生活場地。

幾年前，外公老衰亡故，去年十一月，外婆也因胰臟癌過世。

我去醫院探病時，都會見到千鳥。她會趁照顧的空檔，和我一起吃飯，我們相處得更融洽。

表姊妹長大以後還能親密相處，真的很幸福。

因為我不常去店裡，只是偶爾過去，又忙著自己的生活，度過彼此不太見面的年代。

我們年紀差不多，有時候我去那裡幫忙（雖然店裡不需要我幫忙，喜歡打掃的千鳥也不要我幫忙，但是我可以陪她照顧外婆或送慰問品），有時候千鳥來我們家吃飯。

那段時期持續了幾年。

外公外婆相繼過世後，千鳥變成孤單一人。她無意搬家，店裡也還有一些老顧客，於是決定把酒館改成酒吧，繼續經營下去。

千鳥說，距離三月底開始正式整修還有一點時間，趁這段閒暇，要去巴黎的朋友那裡住一陣。

我去年底決定離婚後，搬回娘家，等待煩人的複雜手續辦完。持續十年的婚姻，怎麼也維持不下去，終究還是離婚了。

家裡有退休的爸爸和教插花的媽媽。

弟弟調職到島根，在那邊結婚生子。

他常常寄送當地特產的魚乾、糕點回來，人一年只回來一次。

我搬回娘家住，爸媽雖然高興，但娘家對我來說，已不是真正的容身之處。

我婚後一直在工作，有些存款。

離婚後不得不辭職，有退職金，也可能拿到贍養費，回到娘家，不用為錢事傷神，算是好事。

在我們公司裡，前夫非常活躍，因此，我辭職是當然的結果。他的名氣遠比我大，也是公司的重要人物。在離婚的爭執紛擾中，我清楚體會到那一點。

住在娘家，心情鬱悶，我想暫時轉換心情，花一點錢去散心，到英國待一個月，借住倫敦的朋友家。也想複習以前學過的英語，好幫助下一份工作，計畫短期遊學，請私人家教。

我和千鳥電郵往返時提到：「心情委靡的我們都在歐洲，找個時間聚聚吧」，因而促成那趟小小的旅行。

「有想去的地方嗎？」

我問。

「我想去彭贊斯。雜誌上介紹有一家可愛的旅館，感覺不錯。廚師是個大帥哥，早餐超級好吃的樣子。是窗外可以看到海的旅館。」

千鳥回信說。

當時，我們對彭贊斯的印象，是個讓人心情開朗的清爽休閒地。

雖然我覺得不必跑到那麼遠的地方、只在倫敦市內悠閒觀光也不錯，但我很明白，外公外婆是千鳥真正重視的人，是撫養她的親人，也是一起工作、遠遠超出祖孫關係的人生伴侶。

想到千鳥失去他們以後的心情，就坦然覺得「好吧、好吧，任何地方我都陪妳去」，同意去彭贊斯。

雖然不知道那是個甚麼樣的地方，但是和千鳥同行，可以度過一段毫無顧忌的悠閒時光。

我們在倫敦碰面，半日觀光後，坐上火車前往彭贊斯。

幾個小時的車程，感覺並不遠。

我們身在海外，很容易緊張，即使住在朋友家裡也難免擔心，此時，因為有著血脈相連的安心感，緊繃多時的心情放鬆下來，坐在位子上猛睡，到站醒來時，感覺才一眨眼的工夫。

走下花花綠綠的列車，站在月臺上，我心裡想：

「怎麼來到這種鄉下地方啊！」

於是說：

「這……和我預想的不一樣哩，應該說不是輕井澤而是佐久平，或者，不是大宮而是熊谷，又或者，不是赤羽而是十條……」

「我知道妳想說甚麼，但，這不是很好嗎？在這種地方悠然自在，才是真正的休息。倫敦雖然很好，但我覺得有點累，巴黎也一樣，人太多。」

千鳥有一張男人喜歡、線條凜冽的東方臉孔。

大大的嘴，薄薄的唇，冷漠的性感。

一頭直髮，穿著風衣、牛仔褲、白色薄毛衣，直挺挺站著，身材高䠷的她，很像韓劇裡的女明星。

因外婆過世而驟然瘦削後，更添幾分帥勁。

我雖然也是標準的東方臉孔，可惜不是男人喜歡的那一型，很遺憾。

我的長相不起眼。不化妝就毫無特色的臉，只有鼻子像整型過，又高又挺。

個子比她矮十公分左右，腿也修長，但顴骨突出，五官並不勻稱。稀疏的褐色短髮，眉毛清淡，一副不太好惹的模樣，資淺的同事光是看到外表就有些怕我。

可是，在那個地方，我們的外型搭配得相當好。

我們帶著「身處異國的兩個帥氣東方女人，看不出是哪國人，不明白她們的關係，是做甚麼的也是謎」的形象，盡情遊玩。

旁人都明白地露出這種眼光，我們樂在其中。

你好、俺牛、空尼基哇，小孩子頻頻瞎猜似的跟我們寒暄。

沒錯，一抵達那裡，我們便神清氣爽，像是天真的青少年。雖然快四十歲了，但心情很年輕。

感覺會因為想法不同而重新展開一次可能性。

一種身體疲累、心卻自由的感覺。

雖然現在的狀況還沒有可能性，但感覺再過一段時間，很多事情都會煥然一新。

我們都處在人生重新出發、不是重新設定、而是發揮過去培養的一切、走上完全不同之路的意氣昂揚思維中。

不過，那種虛張聲勢，在那個小鎮的無邊茫然氣氛前，顯得相當脆弱。在巴黎和倫敦，被城市喧鬧氣勢掩蔽的寂寞，已經像病毒般沁入我們心裡。

年近四十，沒有孩子，離婚搬回娘家，一般人對這種情況，多半感到相當絕望吧。雖然這是我的情況，我卻覺得與己無關。

爸媽小心翼翼地守護我的每一天。那種關愛的眼神累積下來，使得家中的空氣陰暗沉重。

我本來不想走到那一步的。

能夠的話，我也想和他生孩子，一起快樂生活下去。我不是因為討厭他而要分開。只是我們的關係再也走不下去，才要離婚。

很多人跟我說，妳以後怎麼辦？妳父母不會永遠活著啊。不過，早就失去父母的千鳥絕對不跟我說那些。這點讓我很輕鬆。我們談論的只是——

「吃口香糖嗎？」

「妳看，有個好像天使的金髮小男孩。」

之類的對話。

不愧是長年在酒館工作的人。她絕對不會說挑起別人神經緊張的話，但是她的態度，讓人感覺她已經把你的煩惱全都聽進去了。

我這一陣子確實心情鬱悶。

許多人的想法、沒有說出口的關心，都悶悶地籠罩在我四周。

我知道，我也這麼認為，可是沒辦法啊！我不想說前夫的壞話。他有外遇，好像還兼差賣大麻，對我家暴等等。即使說出那些，也已無濟於事。這幾個月，我一直守著這些真相，沒有說出來，總是適當敷衍大家的詢問，對關鍵的事情保持沉默。

可是，每當想起年輕時和他熱戀的日子，眼前突然變暗。不時湧起一種感覺，如果回不去過去那些日子，我的人生就一無所有了。如果只以快樂為基準，和健談、敏銳、迅速察覺別人心思而得體應對的他一起生活，還是很快樂。

我在著名的高級飯糰連鎖店擔任公關。短期大學畢業後進入公司，持續工作十幾年。

前夫比我大五歲，是總店的店長。

他是聲望極高、很快即升任店長的待人接物高手，在公司的地位不曾受到動搖，我立刻信賴他，也覺得他的嬉皮經歷很帥。

他現在留著俐落的短髮，制服緊緊包裹纖瘦的身體，但年輕的時候，他披長髮，留鬍鬚，在加州森林裡的公社過著自給自足的生活。那不可思議的經歷，也讓喜歡新鮮事物的我覺得超棒。

照片中，年輕時候的他，很像演員小田切讓。只有眼睛不像。他的眼睛有著小田切讓也不及的奕奕光彩。看到那炯炯閃亮的眼睛，會感覺自己活著是得到恩准，感覺那是找回元氣的光芒。

他在自給自足的生活時，用自己種的糙米、鹽、梅子和海苔做成飯糰，請外國朋友吃，大受讚賞，因而明白飯糰的厲害，回到日本後，立刻到飯糰店工作。

「最棒的工作是讓別人快樂的工作。飯糰是日本之寶。」

任何時候去店裡，他都是興致勃勃。

顧客帶嬰兒來時，他會迅速幫他們找到座位，遇到年長的顧客，他會蹲在旁邊詳細解說菜單。

「這裡、這裡有位子。照顧嬰兒的媽媽不好好休息一下不行哦。」

他招手帶位。不是為了賺錢，而是他真的就是這種人。打從心底重視每一個人，知道自己這樣做會讓別人有甚麼感覺。別人的回饋讓他更帶勁，他就是那種寧可放棄甚麼也要討別人歡心的人。

他永遠散發開朗，一心想著快樂的事，看似幸福氣氛中毒。說幸福召喚幸福，未必是謊言，他的身邊經常洋溢著就要發生樂事的愉快氣息。

「奶奶，這個是南高梅，有一點甜。如果您喜歡酸一點的梅乾，可就難為我了。所以，點這個清脆的小梅子和白飯糰，不但便宜，也好吃。您慢慢想。只希望您吃得高興。」

他坐在地上，慢慢向老奶奶解說，那樣做時，店裡已排起長龍。可是大家都知道自己也會受到同樣的慎重接待，不以排隊為苦。

他不會隨便給客人塞座位，也不會匆匆收拾餐桌催人早早離開，所以總店永遠客滿，排隊也成了宣傳效果。

他將外帶和店內食用的隊伍巧妙分開，提高效率，因此，即使遊走在社規邊緣，總公司也不以為意。

最重要的是，他揮灑的溫馨輕鬆愉快氣氛，吸引都市裡的疲憊寂寞人們，有溫柔體貼的可愛店長坐鎮，總店很受婆婆媽媽的歡迎，粉領族輕鬆上門，小孩子更喜歡他。他的存在，讓總店一直保持頂尖的業績。

總公司稱他「總店的魔術師」。

雖然業務部長常常說他：「你的待客方式不能制式化，不合乎連鎖店的規範。」但憑著不容分說的業績，那些指摘也流於形式化。

他完全不在乎，「如果客人不覺得快樂，就不會來了，不是嗎？倒是其他分店應該學習我才對。業績好才是王道，部長也一起接待客人試試看，會明白差別在哪裡。」再認真的勸告都當耳邊風。

因為一直持續那種態度，不知不覺也變成上面喜歡、看重的人，要調他去總公司上班，但他說「我喜歡做現場」，也只得由他。因為參加會議的次數增加，他委婉向上面抗議，還是要待在現場，否則辭職。上面只好同意。

他的這種個性，直到要離婚的最後一刻，都完全沒變。

「啊，沙沙，著涼了可不行啊，腳底下太冷了。」

初次相遇，是我有事去總店時，他對我說。

夏天時，我常常穿著涼鞋去冷氣很強的地方。

「這麼熱的夏天不能穿襪子啊，要在外面走動呢。」

我回答說。

「那，就叫男朋友幫你買條大一點的圍巾，帶在身邊。進到這麼涼的地方時，腳丫子不是很可憐嗎？看起來好冷。」

他皺著眉頭，那模樣很娘，也像個親戚叔叔。

我真的帶著圍巾去店裡時，他打從心裡高興。好像自己的腳溫暖了。實際上他就是這樣感覺的人。

我完全敗給那個氛圍。

我搬出來的那個早上，起床後他就一直在哭。

不是嗚嗚哭泣，而是眼淚簌簌流個不停。一直呢喃，怎麼變成這樣呢？

鼻頭通紅，眼皮也腫，像個挨罵的小孩。

那種率直面對自己虛幻感情的賭氣模樣，喚醒我初次相遇時的懷念感。

「搬家工人十一點來，到時我和他們一起離開。」

我說：

「也不是不再見面了。只是，分手總是有這種萬不得已的心情。現在再怎麼傷心，一旦人不在眼前了，到了明天，說不定意想不到的爽快。」

「沙沙，妳有黑眼圈啷，都沒有好好做臉哦。搬家公司有多找幾家比價嗎？不會是嫌麻煩，第一家就決定了吧？」

他無視我剛才的話，逕自問。

的確是這樣。我說「是啊」，笑了起來。

「真叫人擔心，我不在身邊，真的沒關係嗎？」

他發自真心這樣說。

「既然這麼為我著想，造成現在這樣的老問題就別置之不理呀。」

我說。

「已經來不及了。」

他只是流著眼淚繼續說：

「究竟有甚麼不對呢？我一直是原來的我。工作積極，副業也賺很多。這樣下去，可以讓沙沙更輕鬆快樂。我希望沙沙像個公主。像個坐在森林的香菇王座上、有侍女幫妳美甲的公主。我只是想賺更多錢，讓妳真的能夠那樣。」

「那不是我要的生活。我只是個喜歡當公關的粉領族。走遍整個東京，走到兩腿發酸。如果我是男人，我想當業務員。我討厭靜靜待著不動。」

我說。

「妳就是沒有欲望，所以不能忍受的事情一大堆。」

他說。

「關於外遇、販賣大麻，你怎麼說？還有家暴。大概沒有人可以忍受吧。」

我說。

「那是因為妳陷入框架思考啦。如果不做副業，就賺不到錢，還有，大麻有甚麼不好？我知道法律禁止，可是對我來說，那像是從小一直放在身邊備用的藥物，我沒有和黑道掛勾，我有正規的國產販賣路線，那是我人生的一部分。

「還有，外遇這事，為員工的人生問題做諮詢，是店長的分內工作啊。年輕可愛的美眉在四下無人的地方主動投懷送抱，任誰都會親吻一下的。沙沙又不是處女，抱怨甚麼呢？至於暴力，那是沙沙變得不美了，像個兇惡警察，我才忍不住打了一巴掌而已。那是在吵架，有點不理智嘛。我說沙沙啊，妳對許多事情的觀點太狹隘，我想，妳去加州住住看也好，徹底推翻充斥在妳那固定觀念中的價值觀。」

他滔滔不絕地辯解。

那直視我的清澈視線中真的帶有沒做壞事的人才有的透明度。

我想，他真的是出自真心。

我們只是組合不對。

如果我是「哎喲，有額外收入？那不是很好嗎？可以去吃大餐，我也討厭要走路的工作」那樣的女性，大概可以接受吧。但我從來不曾嚮往過那種生活。

我樂在工作、累積每一天、漸漸形塑出自己的現在狀態。

比起一般人，如果不能靜靜地節制自己，我就無法平靜。

如果不能擔負重責，就不覺得是在工作。

公關這份工作的勤懇累積和因此得到的評價，制約了我。

人不能從成長的某一點回到過去。

那是成長的代價。

而且，你太有趣了！

我很想因為你有趣、就這樣一起走下去，但是怎麼也無法安心啊！

我把那些心聲一股腦兒說出來，前夫哈哈大笑。他笑的時候瞇著眼睛，非常可愛，像個體形纖細的小學男生。感覺像超性別的可愛松鼠。

就連我也喜歡他那獨特價值觀點綴出的奇妙閃亮世界，沒辦法。

如果我還年輕，還有餘力，可以完全陪他度過這樣有趣的每一天。可是，摻入了生活的細膩因素，體會到人生的沉重（例如，看著外公外婆過世，思考沒有孩子的人生）後，覺得一直這樣下去，還是太累。我再次認同已經認同過好幾次的相同道路。

我漸漸看出在他的生活方式本質中，敷衍是以些微的差距（真的是像賽馬時的一鼻之差）勝出。

九成的真實，一成的逃避。我偏偏在意那個逃避的部分，像化膿流血的傷口，好不了。

默默承受傷心痛苦而刻意保持開朗，和假裝沒看到而興致勃勃，有很大的不同。我覺得即使摻入一成的逃避，前面的九成堅持也全部作廢。

他自己大概也知道，但堅決不承認，也無意改變。因為最後的一線病了。他不想面對，也無意治癒。只要受顧客歡迎、工作順利，那就夠了。那是他的聖域。

不論我付出多少愛，都碰觸不到那裡。

我對我們的關係感到絕望。我成長的世界是愛召喚愛的世界，但他所處的地方殺氣騰騰。

如果他在這騰騰殺氣之上真心讓愛開花、對人親切，我也會愛吧。

可是，他是為了從別人那裡得到他沒有的東西，尋求那份供給，才對人親切。

對我來說，那不是商業，也不是悲哀。能巧妙發揮功效讓他在工作崗位迅速竄升，感覺那已經近乎「詐詐」。人們和他自己都以為那是真正的愛和誠意。

我目睹他做到那個地步的心機，實在無法去愛其中還可能含有的小小真實。

「我知道，我會重新開始，如果將來有緣的話。我真的喜歡你每天展現的親切。我想，沒有人能那樣讓人心情歡樂開朗了。」

我說，面露微笑。

在冬天的晨光中，細細咀嚼昨天做的蟹肉沙拉。這是我們經常吃的固定菜色。就像平常的早晨。連我自己都不相信，今後不會再一起迎接早晨了。

但另一方面，又覺得很痛快。

終於能夠離開這個世界。離開這個每天像在迪士尼樂園、卡通網路裡的世界。

即使現實再悲慘，我也覺得比這個世界好。

不違背自己的心，確確實實地哭笑。

爸媽那樣教導我。

「又講那種生分的話。我就是招架不住沙沙的笑容啊。」

他說，又哭了。

「我多麼希望妳辭職，生個我們的孩子。可是妳一直不辭職，也不快樂，好可怕。明明是個女孩，可惜了。」

我真的再次覺得，日本人裡面實在沒有這種非常稀奇的人。

我見過價值觀類似他的男人，但從沒碰過像他這樣娘娘腔、孩子氣和男人味坦然共存一身的怪人。真是很好的體驗。在生命中的年輕時期和他在一起，像是參加永遠持續的幼稚園時代，真是難得的體驗。

我完全理解。感情雖然還在微微抽痛，但真心覺得無奈。整個空間唱著結束的氣氛，我們是沒有未來的兩個人。

「剩下的蟹肉沙拉放進冰箱，要盡快吃完。」

滿屋子的陽光中，我站起來。

我們的小廚房被陽光照得白燦燦一片。我們在這裡也有過許多樂事，煮過、吃過許多東西。

枕邊細語到三更半夜，接吻。做愛後直接睡在地板上。也有天冷時洗澡喝湯的回憶。

夏天，在公寓頂樓看星星，喝冰過的葡萄酒，醉醺醺地去散步。

像擅長發現快樂事物的小孩般生活。

「妳如果不快點回頭，以後會怎樣，我也不知道。因為店長很受歡迎的唧。」

拋下這段話，他轉身離去。

不回頭，我偏偏就是不會回頭的那一型。

雖然如此，但那確實是甚麼結束的瞬間，因而讓我覺得所有的瞬間都很珍貴，心口像刀割似的痛。

我那愛慕虛榮、作假、輕薄、生氣蓬勃又耀眼可愛的前夫。

如果你是我的孩子，我會緊緊抱著你，絕不離開。

猛吸你那小狗似的髮香，獻出我所有的溫度。

你再怎麼傻，再怎麼假，我都無所謂，我會在你身邊，深深愛你，一輩子在你身邊。

可惜，你就是不能讓我愛到那個地步。

千鳥和我在車站叫了計程車，告訴司機那家旅館的名字。

車子沿著海邊公路奔馳約十分鐘後，看到她想住的那棟白色小旅館。

門廳很小，擦拭乾淨的大理石讓人感到歷史的分量。外牆最近重新粉刷過，潮水的氣味中夾著淡淡的油漆味。

「哇，好可愛的旅館。千鳥，想不到妳有這種少女心。」

我說。

「是嗎？這裡的B&B不就是這種感覺嗎？我的印象中，怎麼形容呢？到處都是花草圖案，到處都有威廉．莫里斯的氣氛。」

千鳥的聲音低沉溫柔。

那個聲音和這可愛的飯店不相稱，有種奇妙的可愛感覺。

「我想住一次這種地方看看。」

她眼睛發亮地說。

深色的木製櫃臺非常小，很有家族經營感覺的旅館。吧臺連著櫃臺，大廳和酒吧也幾乎一體化。整個感覺小巧雅緻，好像來到童話王國。

大廳是白天也顯得有些昏暗、厚重的咖啡色裝潢，但整理得很乾淨，酒吧裡面也有健力士的生啤酒機，素雅整齊的環境讓人放心，我已經一副完全樂在其中的好心情。

辦好入住手續，沒有行李小弟，也沒有電梯，我們奮力把行李拿上二樓的房間。

每走一步，樓梯就吱吱咿咿作響，老得讓人覺得如果高高跳起再狠狠著地的話，就會踏破地板。

推開和旅館氣氛不搭調的厚重白色木門，房間細長，天花板很高，高達天花板的大窗外，可以遠眺寧靜的海。

絲毫沒有歡樂的心情。這份安靜，簡直像死城一樣。

偶爾有人經過，車子駛過。但是，一切都沉入來自大海的淡藍和灰色氣息中，一切、甚至心情都變得淡淡的像在夢中。

氣溫有點冷，我們先把電暖器設定在最高溫度，行李排放在房間角落，一起躺在床上。

「欸、沙沙，這麼說，妳離婚了？」

千鳥終於問起。

「嚴格說起來，還在辦手續。對方一直在拖。我媽說，他上個禮拜終於送回蓋好印章的文件，再過不久，就會判決了。」

我說。

「我因為外婆的事情亂成一團，沒能跟妳好好談談，抱歉。」

千鳥說，然後繼續說：

「唔……他會不會是gay啊？或者，其實是中國人？假結婚以取得居留身分？」

「不是。」

我立刻回答。

白色窗框外面，白海鷗的小小影子飛過飄著淡淡白雲的天空。

海上點點白色的浪頭。

多麼悠閒的景色啊。像是永不結束的週日午後的鬆散時間流過。

「那麼會講話又風趣，態度也親切，大家總是圍繞在他身邊。可是這種人就是讓人不放心，和他在一起，大概總會感到緊張不安。」

千鳥看著天花板輕聲說。

我真想鼓掌叫好。

「妳真了解，連那種感覺都了解，雖然我只帶他去過店裡一、兩次。」

第一次帶前夫去「緣酒館」（緣是外婆的名字）時，外公還在世，臥病樓上。

「那是非常幸福的時期。我們讓外公退休，他雖然有點癡呆了，但還可以在樓上悠閒看電視。外公一輩子過著站在店裡調雞尾酒的人生，很高興終於能讓他輕鬆坐下來。外婆不時上樓看他的情況，我也幫外公做飯。我們在店裡時，只要知道『外公在樓上』，就感到安心。很棒的一段時期。或許那是我人生中最幸福的時期。」

在外婆的葬禮上，千鳥這樣說。

我怎麼也不敢問。

妳認為今後的人生中不會再有最幸福的時期嗎？

因為我覺得她肯定會說「是」。

她會說，最好的時代已經完全結束了。

因為她只以外公外婆和酒館為生命而活，今後也還在那個地方生活，用一生去思念他們。

那纖瘦的脖子和肩膀，修長的四肢。

帶著那和「看似不幸的人」一些微不同的獨自光彩。

我和前夫去店裡的日子，通常是外婆顧店，千鳥幫忙。

外婆煮的小菜堪稱絕品，已超過小菜的等級。

她用家傳祕方長時間熬煮的高湯給新鮮的食材調味。

她每個星期天上午，耐心的用大量昆布、柴魚片、小魚乾、鹽巴、味醂和清酒熬煮高湯。屋子裡都是濃郁的香味。每道菜都用那個高湯打底。

媽媽偶爾也會在家裡熬煮高湯，但怎麼也做不出那種濃郁口感。

前夫說：

「外婆，這道菜的味道真是絕妙&最高。我會付錢，請再給我一碗。」

連吃三碗。

那時的他很認真，不是阿諛奉承，也不是耍嘴皮。

「外婆，人生真美好唧，吃了外婆煮的菜，自然湧起那種心情。」

前夫說。

「沙沙的老公真會說話，挺伶俐的。沙沙辭掉業務工作，跟他一起打拚不好嗎？那樣，公司會有更大的發展。」

外婆說。

梳理整齊的白髮在燈光下閃閃發光，背後的玻璃杯具亮晶晶的，她的乾淨模樣讓人產生安心感。

三人對坐的位置上，有人小聲唱著和那個氣氛毫無關係的「新宿・港町」。但是，整個感覺奇妙地融洽，我不禁覺得，酒館真是個好地方！像一家人坐在船上。

沒有別的地方像這裡，即使有陌生人在，也能相安無事，共度愉悅的時間。

雖然聲音嘈雜、煙味嗆人、椅子也有點磨損，只要有個不論多大歲數、都可以稱她一聲「媽媽」的好人在，大家都變成待在客廳的孩子。

任性胡為沒關係，喝醉吵架、爛醉如泥、哭泣、付錢短少、餓了猛吃炒麵、唱歌等等，完全隨心所欲。

「外婆，嚴格來說，我不是業務員，是公關。」

我說。

「正因為我是店長，我的店才能在所有店鋪中業績第一。我喜歡接待顧客，勝於做業務。只有這方面，我有自信。我能看出顧客的心情，我喜歡讓他們高興。因為只需要短短的時間就行了，所以，我願意讓他們做一個幸福的夢。」

他微笑說。然後又感慨地說：

「日本人還是適合酒館啊！」

沉默的千鳥聽了，只是微笑。

「一對漂亮的表姊妹……」

前夫真心陶醉地說。

「我此刻無疑是身在日本人的真正天堂。」

「這個人當男朋友最好不過，當老公就累了。」

外婆微笑地說。

「我其實是很家庭的人哪，總是高高興興的，有需要時，我也能蓋房子、開闢田地、釣魚。也知道冬天在戶外過夜的方法，是妳們意想不到的寶貝哪！」

他也不退讓地微笑。

怎麼看，那都是嬉皮的開放笑容。

我很單純，一下子就被這種笑容迷住。認為不扭曲自己、不想扭曲自己，也是一種才能。

直到分手的現在，我對他那方面的尊敬之念，也沒有消失。

他那認定以後、即使不合邏輯、路途狹窄也不願彎曲而直直前進的樣子，總是感動我。

到店裡時，別人都機械式的按照手冊行動，只有他是生氣勃勃、快快樂樂。精神抖擻，比別人勤快好幾倍。眾人嚮往他的行動，得到他的活力，群聚在他身旁。

他就像動物圍繞的聖法蘭西斯，親切微笑。

只有那個時候，他看起來身在真實之中。反射性地面對有求於他的人，別人只要有困擾，他就不求回報地伸手相助。他是那種人。

只是，他運作那個系統的能量之質與我不合。如果不要想得太深，拉開一點距離看他，還真是個很好的人。

想起他為我帶來的光亮部分，我哭起來。

雖然膚淺，但他樂在其中。那種沒有意義的強悍，對我是多麼大的救贖。讓我真正明白，動不動就尋求意義的我，在某一意義上，層次很低。

我哭哭啼啼地望著天花板。

千鳥的細長眼睛凝視我，一排快要遮住眼睛的漂亮瀏海。

「別哭……。能那樣一直精神奕奕的，是傻瓜？還是嗑藥？不管是哪一個，在我看來，那個人都有點怪。」

她的話認真又乾脆，我的黯然，霎時煙消雲散。

「說出我的心聲了！妳真有看人的眼光。多數人都被他那燦爛的氣氛給騙了。千鳥不愧是做酒水生意的，看多了。」

我破涕大笑。是因為都被她說中了，我只能笑，也明白了會上當的我和他是同個層次。並不是瞧不起他、鄙視他。

只是，他那缺乏安詳、內心時時處於防備的姿態，讓人不捨。

「我就是禁不起那種超會答非所問的人糾纏。」

我說：

「我禁不起不扭曲自我的人，縱使是個爛人。」

「是嗎？禁不起那種人，是因為喜歡風趣的人吧。」

千鳥翻身向我，看著我傻笑。

又大又挺的鼻子，順著笑容大幅上揚的嘴角。

和小時候一模一樣。

小時候，千鳥雖然經歷很多事情，但我只在她幸福的時候見到她。

年底，千鳥和她媽媽、我和媽媽四個人一起去百貨公司時，外公外婆和爸媽帶我們一起出國時，我們見面時總是被細心呵護、充滿未來、不會發生壞事的氣氛包圍。

或許是共同擁有那些回憶，因此，光是看著千鳥，就感到安心。

突然想起那些回憶，我胸口一緊。

那時候的日本正處於經濟高度成長期，一家大小逛百貨公司，假日去海水浴場，是一種流行。那是日本人開始懂得這種享受的時候。不論到哪裡，人都很多，臉上都洋溢著得意的光彩。街上的人也氣勢十足，真心享受購物樂趣的民眾，愉快地互相禮讓。

當時的人們散發的光彩，比任何閃亮的裝飾都要明亮。不像現在這個時代，即使花費數千萬元用霓虹燈彩裝飾城市，市民卻黯淡毫無活力。感覺那時候的光彩，包括城市氣勢增強的時代氛圍，都已經全部結束。

不過，我和千鳥依然好好地存在這裡。

沒有新的家族，有點年紀，也有滿滿的回憶，心情一如小時候那樣。

「真要說的話，那種人很會整理衣服，裝扮乾淨，但是不會打掃家裡。不會真的這樣吧？因為我喜歡打掃，第一眼就看得出來那個人喜不喜歡打掃。從放置皮包的方式、喝酒的樣子就知道。」

千鳥說，我回過神來。

千鳥遺傳外婆那近乎恐怖的潔癖，我甚至覺得那間酒館更像咖啡廳。雜誌和電視頻頻來採訪這家私營鐵路旁的精緻小酒館，是因為千鳥和外婆都非常愛打掃吧。

有時傍晚提早過去，推開老舊的木門，店內好像在大掃除，椅子搬到外面，兩人拚命擦拭的玻璃亮得驚人。她們似乎已成習慣，不論在店裡家裡，都不停地動手擦這個、抹那個、收拾各處。

因此，看到千鳥無所事事地躺著，實在很稀罕。感覺也怪怪的。

客人常常笑著對她說：

「杯盤有點骯髒才像酒館啊，妳反倒更用心擦拭。」

二樓的住家也一樣。舊榻榻米上鋪著乾淨的地毯，小桌子用桐油擦得發亮，窗框也發亮，東西很少，壁櫥裡面整整齊齊，那不像老舊建築該有的清潔度，每每讓我吃驚。房子的建材古老，還住著兩個老人，但就像研究室一樣乾淨。

是因為這個緣故嗎？所以千鳥身上絲毫沒有「操勞」的黯淡感覺。

「的確，他完全不在乎打掃。房間亂七八糟，脫下的衣褲就放在原地。但畢竟是餐飲店的店長，非常注意生鮮垃圾，只是處理乾燥物品就很隨便，書本也不好好疊在一起。」

我說。

「果然。我猜就是那樣。」

那句話好像魔法。

因為那句話，他在我心中的美好光彩和耀眼形象，突然變成寒酸破舊、沒有多大意義的東西。

哎喲？我剛才是為了追悔甚麼而哭呢？

那個人，像彼得潘一樣的人，只是一個悲哀的天真大人，真可憐。我立刻產生這種看法。就像正片和底片一樣，背面總是充斥在寂寞黑暗的真實裡。

戀人剛剛分手時往往會這樣。

想要破鏡重圓，只想著對方的好，即使眼前已是無盡的黑暗，還一心想著再相遇時甚麼都願意為他做。但是分手的理由霎時逼現眼前，只能無奈地接受已經分手的事實。就這樣心思反覆，等待時間漸漸過去。

因為我也在作夢，和他是同一層次。所以，不是只有他悽慘。

我理解這情形後，心緒倏地平靜下來。

可憐哪！那樣追求虛榮。他年輕時在大自然中做的夢，在東京這個都市裡一個也不能實現。

走錯一步，心一鬆懈，自信一失，立刻變成只是一個連鎖店的店長而已。

他是萬萬不想變成這樣的人。

他絲毫沒有獨立出來開一間飯糰店的念頭，只不過嘴巴上總是這樣說，其實只想利用大企業的資金，作個大受歡迎、自由揮灑的人。

我的個性太樸實，不覺得那是「只不過」。

我以為，雖然平凡，但各自工作生活交朋友，那樣就好。那是人生之味，我很清楚它的好。即使沒有那麼特別，但有要做的事情，沒有太大的壓力，勤奮不倦地前進，其中自有小小的樂趣和深度。

正因為如此，才會覺得他的生活方式很新鮮，而被吸引。

他和我不一樣，他想把人生過得璀璨華麗，喜歡與眾不同。

而我，雖然結婚了，也絲毫不把他「有一天想開自己的店」的豪語認真當一回事。或許還在心中嗤笑，不可能吧。

我不是會認真接受那種話而一起打拚的類型，他也是嘴上那樣說、隨即大方請客的那種人……。那樣，一輩子也存不到錢。他絕對不重視那方面情況不好時，肯定爽快地指望我省吃儉用存下來的錢。

這樣想後，心情漸漸平靜。

「千鳥，妳剛才施展了厲害的魔法。我平靜了，感傷的情緒突然消失，能夠看清自己決定的事情全貌。離開他真好。」

我說。

千鳥哼哼一笑，

「不可小看酒廊的小媽媽哦！如果不會施展魔法，客人根本不上門啊！」

我想，的確如此。

比起千鳥的勤懇生活方式，感覺我和爸媽的生活還很虛浮。

雖然他們的房子是自己的，有不用付房租的優點，但只靠巷子裡那間小店，持續做著乍看奢華其實很樸實繁複的工作，賺得三個大人的生活之資，真的很吃力。

「當然，不是每個人都會拚命生存。也沒有毫無缺點的人。人哪，都是一樣的。

「因此，我能理解他不是不想打拚。只是，我不喜歡他的態度。妳說他光芒四射？那不是他自身發出的光彩。那種人獨自在家時，多半像電池耗盡般無精打采，但只要身邊有一個人，他就生龍活虎。當你獨處時你會怎樣？如果沒有人在身邊就沒有自信，不是很糟糕嗎？對那種人氣超旺的人，我想這樣說。唉，雖然這說法帶有偏見，也有點乖僻。」

千鳥凝視我一會兒，繼續說：

「沙沙就是人太好，當然，我也不是壞人。還有，妳的生活方式和想法絕對不是天真。是妳根本人太好，只看人和事情的優點過度解釋，雖然這也是妳的優點。」

「我有那樣嗎？」

我很訝異，

「都出社會這麼久了，也算是大人了……啊，我明白了。人都是這樣，對喜歡的人，心特別軟。欸、妳有喜歡的人嗎？」

「講到這分上了啊？」

千鳥又轉向天花板。

那個具有特徵的高挺鼻子也朝著天花板。

「有啊，大熊。」

「是動物？」

我問。她噗哧一笑。

「是人！店裡的客人。每月從神戶來一次。我只知道他是外公朋友的兒子。五十多歲。我很喜歡他。我現在有一個這樣的對象就好。不久以前，是和比我年輕的人交往，可是姊弟戀好累。在店裡當媽媽，不能連私生活裡也要當媽媽姊姊。」

「所以分手囉？不過，有個喜歡的人，不是很好嗎？千鳥也真的討人喜歡。」

我說。

「可是他有太太。只要偶爾來坐坐，我就滿足了。」

千鳥說。

「人啊，總有一些缺憾。」

我說。

「無所謂缺憾啦。大熊是希望，就只是那樣而已。」

她有點害羞地哼哼笑著。

「至少，把關係再更進一步吧？他來東京時留他過夜……」

我說。

「沙沙這方面遠比我熟練啊。我做不到。希望會破滅。因為希望就像美麗的遠山。我相信我們都喜歡對方，因此只要見面，就能相互確認。只要保持這種心情就好。」

千鳥幽幽地說：

「啊～啊，外公外婆還活著就好了，我就可以像個小孩，抱怨『討厭啦，客人吃我豆腐』『又用那種噁心的眼神看人』『哇、那個老是賒帳的人來了』『外面有人打架，好可怕』，他們就會安慰我：『在這種環境裡，沒辦法啊』。三個人你一言我一語地閒聊，吃著糕點，喝杯加了熱開水的威士忌，並排躺著睡覺。外公和外婆很了不起，地方角頭只收很少的保護費。在這層意義上，感覺我還在他們的守護中，只是以後我必須一個人去做。再怎麼努力，也沒有可以一起分享的人。」

聽了這話，我忍不住哭了。

她才像公主一樣備受寵愛呵護地長大。

衣服鞋襪都比我的新，頭髮也梳理整齊，全身散發出被愛的氣息。她和凡事都因為有個弟弟而被擺在其次的我不同，是外公外婆灌注全部感情的對象，兼具孫女與獨生子的地位，沒辦法。

「千鳥，我暫時陪妳住好嗎？」

我哭著說。

「不要，房間很小，沙沙的打掃也不俐落。不要緊啦，我會找個可以一起開店的人，或者能讓我繼續開店的男人。」

千鳥哼哼笑著說。那是她掩飾害羞時的笑法。

「而且，如果沙沙真的搬來住，走的時候，我一定又會寂寞，我沒有笑著送妳離開的自信啷。」

鄰居都津津樂道，千鳥多麼愛外公外婆，近乎獻身似的住在一起。

大家都說，因為有那樣仰慕外公外婆的千鳥，外公外婆才受到激勵。

他們身邊沒有小孩的時間太長，因此對千鳥的責任感超重，愛玩的外公收養千鳥以後，變得好認真，菸酒幾乎都戒掉。外婆也每天煮飯、打掃，直到住院那天。

千鳥是他們的生存價值。

我無法想像，為別人的生存價值而活，有多麼沉重？

外婆過世後，千鳥比以前更勤快打掃。

我們勸她，反正要重新裝潢了，不必那麼認真。但她為了紓解哀傷鬱悶，還是經常擦地。外婆從專賣進口商品的超市買回強效的美國清潔劑和漂白劑，大肆清掃，千鳥也學她。

大家心疼地守護著魔似的打掃且日漸消瘦的千鳥。

媽媽每天去換上供的鮮花，順便送便當給千鳥，她雖然全部吃光，還是因為龐大的悲傷壓力而日漸消瘦。眼睛總是哭腫，幾乎沒有笑容。

媽媽說，純粹得悲傷到那個地步，更加讓人尊敬。

對媽媽來說，外婆去世，當然也深深悲傷，但在千鳥的深沉悲傷之前，她感覺自己的悲傷很淡。

媽媽說。

「雖然那樣心碎、那樣清瘦、像爬行似的活著，卻不覺得那個孩子會自殺，由此可知，外婆是怎樣呵護撫養那個孩子的。」

千鳥默默打掃的姿勢很像外婆，讓媽媽心痛地想起外婆。

千鳥神清氣爽地吃著媽媽做的便當，一邊說，我像外婆那樣打掃時，感覺外婆的影像附在我身上，就不覺得寂寞了。

那段時期過後，她臉上終於恢復真正的笑容，但能找回一點過去每天都感受到的安詳、樂趣嗎……我想著、想著，迷迷糊糊地睡著。

醒來時，千鳥一手撐著下巴，凝視我。

「睡得好香。」

她說。

「好丟臉，妳別看啦。」

我說。

「很久沒看到別人睡著的臉了。莫名感到高興。」

她說：

「在家時，半夜醒來，發現身邊沒有人，嚇一跳。幾十年不變的家裡，只有人漸漸變少。唉，話雖如此，其實也只有兩個人。但感覺上是漸漸。我一下子變成孤獨一人，再也沒有人讓我看睡著的臉。」

好寂寞的話，我心口好痛，但是剛醒來，想不出貼切的安慰，只是輕輕點頭。

「天黑了，去吃點東西吧。」

千鳥起身去浴室。

窗戶很冷。外面的空氣大概也很冷，電暖器發出「嗡、嗡」的聲音，溫暖了房間。那種溫暖和暖氣的熱風不同。是讓人臉頰發燙、達到身體深處的不可思議之熱。

夜幕低垂，窗外昏暗的海，絕望地沉入黑暗中。

浴室的可愛藍色磁磚、白色洗臉臺，和站在那裡梳頭的千鳥，都像沒有實際感覺的風景。

說這些是夢，也不奇怪。

這裡是和我毫無連結、一無所有的地方。

但是，有一種只能在這種地方才看得到的東西。

我執著的許多事情、心裡決定的事情，都那麼遙遠無依。

問了旅館的人，到有點遠的海豚小館吃晚飯。

這家樸實的餐館，讓我們為了出去吃飯、略作打扮而歡躍的心情相當受挫。

紅色的厚重裝潢，厚重的桌子。入口處有英國餐館必有的吧臺，雖然時候還早，已經人聲嘈雜。

我們坐在裡面的位子，看著牆上逼真的海豚壁畫，搭配健力士啤酒，大啖味道濃郁的燉肉。

羊肉、牛肉和豆子湯都非常好吃，只是光線太暗，手邊看不清楚，有點無法掌握究竟是甚麼菜。

窗外隔著馬路，是綿長的海。

感覺不曾這樣被不可思議的大海凝視過。

感覺不論走到哪裡，海都靜靜凝視我們。不帶感情，也沒有好感和恐懼感。就只是在那裡。龐大而厚重的存在。

「再喝一杯啤酒吧？」

千鳥起身坐到吧臺邊。

旁邊的幾位大叔不時對她做出乾杯的手勢。

她微微一笑，回以乾杯。

那個熟練的感覺讓我感動，茫然喝著啤酒。

「雖然是熱鬧的港都，也這麼多人聚在一起，但是感覺很稀薄。」

千鳥說。

我也想著同樣的事。

「連活著的感覺都很稀薄。」

整個店像是隨著黑夜來臨一起沉入黑暗。

顧客面露快樂的笑容，剛炸好的薯條熱呼呼，但是並沒有那種地方該有的強勁力量。

那些大叔偶爾簡單搭訕兩句，「喝這個啤酒」「從哪裡來」，他們都像是鄉下的善良歐吉桑，老闆娘也嚴厲監督著，可以維持適當的距離感。

「如果說，這家店是廢墟，這些人其實是幽靈，我也不覺得奇怪，那樣幽暗與稀薄，總覺得好像在夢中。」

千鳥說。

我打從心裡同意。

在這個世界裡，我眼中有顏色而且活著的，只有千鳥。

我們笑著擺脫那些大叔的挽留，走出店外。

氣溫像是遲來的冬天，冷得徹骨，小鎮幽暗綿延，海浪聲遠遠響著。

星星很多，沒有雲，森冷的早春夜晚。

行人雖少，兩個女人同行，還是有安全感，於是走路回旅館。微醉的我們手挽著手。

感覺只有接觸到的手臂部分是溫暖確實的東西。

啊，我明明需要的是像此刻這樣心虛無依時可以依賴的人，卻和這世上最不確定的人結婚！

思及至此，不覺發笑。

「妳笑甚麼？」

千鳥問。

「妳不覺得店名叫『千鳥酒館』比『千鳥酒吧』好嗎？剛才那家店的待客方式，不正是超越國境的日本酒館嘛。」

我說。

「剛才那家店裡沒有我要的客人。而且已經決定重新裝潢，風格偏向酒吧。卡拉ＯＫ機器也已停租，換上音質很好的音響。」

千鳥說：

「我在附近健身房找到一位體格魁梧的同性戀大哥，雇他當酒保兼保鑣。椅子全部換新，酒杯繼續用原來的，我會燒菜，葡萄酒也決定了，也能買到便宜的乳酪，新體制已經完備。在某一意義上，我是幹勁十足，只是還沒有實際感覺。雖然積極準備，但我真正的心聲是，即使一天也好，希望能夠回到以前的店啊。如果能和外公外婆在天國一起開店，我真的想去。可是，上帝不會讓我一直稱心如意的。」

「妳真了不起。」

我說。

她聳聳肩笑笑。

「我是和外公外婆擠在酒館簡陋樓上長大的孩子，只有沙沙會誇讚我。」

「沒那回事。」

我握緊她的手。

海上吹來寒冷的風，有潮水的清香。她從大衣底下伸出纖細溫暖的手。

「因為妳的人生跟任何人比起來，都很厲害。大家都知道，所以才有那麼多老顧客，都是連續兩代的老顧客。」

我說。

「嗯，繼承那裡，我有自信。」

她微笑地說：

「早上起來打開窗戶，通宵經營的隔壁店家和車站傳來的電車聲音近在耳畔，烏鴉和野貓穿梭在夜裡堆起的垃圾山縫隙中，有時候地上還有嘔吐物，各家店的五顏六色毛巾張掛其中……那些毛巾的質料也不好，是最便宜的那種。接著，毛巾清洗店的卡車轟隆隆開來。

「可是，我並不討厭那些。感覺那些像是昨夜的夢痕，感到安心無慮。像現在這樣，到景色美麗的地方走走，或是去爬山，都是非常美好的事。可是那裡，是我做完這些事後必定想回去的故鄉。即使有點髒亂，我還是這麼認為。那裡是擁有無可替代的回憶之地。」

「嗯，那是真的。每個人的心靈之地都不一樣。也不是每個人都一定有那個地方。或許，像妳這樣擁有心之回憶的人很少。」

我說。

爸媽很尊敬收養千鳥的外公外婆。

爸爸總是佩服地說：「老人家非常謙虛有禮，在那裡默默生活，從不抱怨，淡泊過日子的千鳥也很乖。」

長大以後，媽媽總是勸我，與其去別的地方喝酒，不如去綠酒館，「妳可以常常去，那裡很健康。」

媽媽熱衷花道，跟著經常使用野草、石頭等奇怪材料的插花老師學習了數十年。週末時會去山裡、河邊，摘回陌生的花草。

媽媽時時掛念千鳥，她親自開車送美麗的插花去裝飾酒館。因此，綠酒館裡隨時都有鮮花，我猜，以後那些花也會繼續送到千鳥酒館。

媽媽專注插花的形式，她總是說，從插花形式可以看出人品。

正因為培養出了正確的判斷之眼，所以媽媽說外公外婆和千鳥的生活是實在的（媽媽說我的前夫是「孤挺花」。意思是從球根長出難以想像的誇張花朵，沒有宜人的香味，卻意外地持久，吸食周遭養分。那是很過分的形容詞。媽媽不怎麼喜歡他，說他「日子過得再快樂，還是甚麼也沒留下，只是心靈不能溝通的寂寞人」。因此，我要離婚，媽媽也不生氣，只是由衷地惋惜我是和他度過最適合生育的時期。媽媽說，妳自己也是孩子，沒辦法，但還不要放棄希望。和他在一起十年，我是有點期待我們之間可以培養出甚麼。我好像錯了。現在的我終於明白。離開那個狀況後，突然湧現像看地圖般的清晰感覺。在不想看、不想決定的心情中糊裡糊塗度過十年，太長了）。因為這個緣故，我很年輕的時候，就毫無偏見的出入綠酒館。

我不熟悉別的酒館，但是綠酒館，我常常去。

交了男朋友後也去，有事到那附近時，也會去露臉，吃外婆煮的菜，和千鳥說說話，唱一、兩首歌後回家。小時候，我還會跑到樓上的住家，和千鳥一起看電視，向窗外吹肥皂泡，對看著我們笑的那些大叔揮手，玩各種遊戲。

我住在普通的公寓社區裡，比較之下，千鳥的環境非常自由。半夜不睡覺也沒關係，隨時可以看電視，肚子餓或者無聊時，就到樓下店裡，混在客人堆中吃拉麵或維也納香腸。我甚至羨慕她。從沒想過她是早早變成孤兒、才讓老人家撫養的。

凝視小鎮窗戶的光亮，默默走著，我感到比平常更孤獨。

有一種在倫敦時感覺不出、在夜裡化成輕煙消失的心情。在這異國的陌生小鎮，千鳥在我身邊。我們走在冷冷的海風中。只有這一點是確實的。

千鳥雖然比我孤獨，但她不會理解我即使生活在喜歡的人身邊也得不到一點安穩的悽慘吧。即使如此，此時此刻，我仍感覺這世上彷彿只有我們兩人。

回到旅館，吧臺還在營業。

我們又坐在昏暗的大廳，看著窗外漆黑的海，細細啜飲啤酒。

英國人似乎不喜歡在明亮的地方喝酒。

這樣昏暗，健力士啤酒似乎也融入黑暗中，看不見了。

「英國的啤酒怎麼這麼好喝！」

千鳥說：

「像Weizen（小麥啤酒）啦、Pale Ale（淺色愛爾）啦，還有黑啤酒，都好好喝，即使不是健力士，也都很好喝。」

「這個說法我非常同意。」

我笑著說。

「不過，Weizen這個字怎麼看都不是英文，反正，是漂亮的金色淡啤酒。」

千鳥說：

「我們店裡也放個健力士的啤酒機吧？我已經完全受到影響了。我真的覺得，製造生啤酒很有趣。雖然很久沒有快樂的事情，處在淡淡的憂鬱狀態，老在思念從前，激不起對新店的意欲，但一想到健力士的啤酒機時，突然湧起幹勁。真是單純。」

她的低沉聲音聽起來很舒服。

「我是自由的單身，妳也絕對不會跟著大熊，我可以常去喝酒嗎？」

我問。

「當然，不是理所當然嗎？歡迎妳隨時、每晚都來。」

她說：

「雖然我想告訴妳，既然那樣消沉，又還念著他，就破鏡重圓吧……，可是，妳的前夫，有一種我無法確定的感覺。那個人……可能只喜歡他自己。那麼強烈的水仙性格，女人被這一點吸引，怕是自取滅亡。」

「好像是唧……」

眼前的酒杯冒起漂亮的金色泡泡。

這趟旅行如果永不結束，那該多好。

如果能隨時這樣生活，那該多好。

我這麼想。

到處走走，吃吃喝喝，好好過完一天。心情不會鬱悶，和信賴的人同在，只是這麼簡單。

「和不愛我的人在一起，非常悲哀、痛苦。」

我說：

「雖然他是那樣受人歡迎，那樣快樂，興致勃勃，外表也不差，可是當我不喜歡他時，他也不再為已是外人的我做任何事。」

「真的，不過，來酒館的人幾乎都是這樣啊。」

千鳥說：

「說到頭，我還真的是在幸運的環境成長啷。」

沒有父母的千鳥乾脆地說出這話，讓我超級想哭。

一起出去喝酒，回來也在同個房間，有種不可思議的感覺。旅館裡面寂靜無聲，其他客人和老闆一家肯定已經入睡。為了避免吵醒別人，我們輕步上樓，再度推開厚重的木門。

那是第一晚就已完全熟悉的房間。

街燈的光亮在房間裡面照出海底般的圖案。

打開燈，輪流洗澡。

千鳥先去，我靜靜檢查郵件。用電熱壺燒開水泡茶。雖然是普通的茶包，但英國的茶葉就是好喝。大概水質合適。味道比過去喝過的任何高級紅茶都要濃，真是沒有比這更適合這個國家的飲料了。

窗外一片漆黑，遠處的海好像怪物般蠕動。彷彿能切身感受到這個國家發生的各種傳說。龍、魔法師、斷崖、湖中精靈……一切似乎都能融洽共存的黑暗濃度。就是在這種黑暗的漸層中，發生那些成為傳說的種種震撼事件。時間刻在土地裡，漸漸增加濃度。一到晚上，那個氣息冒起，吐出像夢似的沉重空氣。

在那份沉重之前，個別的小小人生被吹散一空。

感覺我們被那個氣息懾服，一直在這個小房間裡共同生活。

是因為血緣的關係嗎？

身體深處有某個東西聯繫，沒有和外人共處時特有的一點緊繃尷尬。

千鳥哼著歌曲，用毛巾使勁擦拭頭髮。

素顏的她，五官非常清淡，擦身而過時，幾乎沒有印象。只有細長眼睛的深處炯炯發光。

「洗好囉～」

她說。

「Wi-Fi的密碼寫在那裡。」

我起身說。

「哦，可是，我要睡了。奇怪，我應該沒有時差問題的，可是好睏。」

她說。

「開小燈就好。不用這麼亮。」

我說。

「沒關係，再怎麼亮、再怎麼吵的地方，我都能立刻睡著。」

她說。

我想起小時候她趴在酒館吧臺上睡覺的樣子。老顧客還會把西裝外套披在她嬌小的身軀上。

我和爸爸一起去時，不會特意叫醒她，只是謝謝外公外婆招待後，和爸爸手牽手回家。夜路上，稍微想了一下，那種沒有爸爸的生活。

我想像不出來。雖然外公外婆那時還不老，但是和我的爸媽相比，還是讓人覺得老弱得不足以依靠。

小旅館裡熱水充沛，洗完澡，身體暖呼呼地回到房間，千鳥已經睡了。張著嘴，睡著的臉和小時候一樣，緊緊裹著毯子。

「千鳥睡著了，我好寂寞，很寂寞啷。」

我試著低語，

「沒有原因，就是寂寞得不知如何是好。」

聲音被黑暗吸收，她依然睡得香甜。

窗簾後面，街燈朦朧。

晴朗的早晨，美麗的光線灑落大廳後端的餐廳。

廚房裡，真的有個金髮碧眼的年輕帥哥廚師，穿著筆挺的白色制服、戴著廚師帽，把典型的英國早餐……煮豆、香腸、蘑菇、荷包蛋、烤番茄、烤得脆脆的薄餅等……，漂亮地裝盤後迅速送上來。味道和一般旅館有點不同。

「哇！真的好漂亮，而且很好吃。」

我說。

「有動一點巧思哦。」

千鳥說：

「我就是為了吃這個特地來的，現在，美夢成真。」

我們都飲酒過度，臉有些浮腫，皮膚粗糙。但在晨光中笑語，吃著美麗纖細的食物，都忘掉那些掃興的事。

其他旅客好像已吃完早餐出去了，只有我們的聲音，在餐廳裡顯得特別大聲。

「回去後試著做做看，先推出小菜和這個煮豆。番茄味。」

千鳥說。

「很好啊，最近流行和洋混搭，飯糰裡面都放肉丸呢。」

我說：

「可是，番茄味和外婆的高湯，不會衝突嗎？」

「那個啊，意想不到的搭唧，我常做燉肉飯，相當不錯，這個也會。」

千鳥說。

「哇，聽起來好好吃，絕對要去嘗嘗。」

我說。

每做出一個未來的約定，就在未來點起一盞希望小燈。燈光雖然微弱，依然能有實感。來到這個小鎮後，我才領悟，這一陣子我一直處在今天奮力游動、明天或許淹死的感覺中。

那天，我們去遠一點的地方，到聖麥克爾山。

在港邊小店買了船票，坐船約五分鐘的航程。

快艇破浪前進，濺起漫天的水花，抵達小島碼頭的石階。

觀光客三五成群、搭乘快艇航向碼頭的光景，和天空飛舞的海鷗相呼應。

小島屬於私人所有，擁有許多肖像畫和生活場域的城堡也對外開放。登上石階和布滿各色鮮花的路徑，走向教堂。那裡景色非常優美，可以遠遠看到我們住的旅館一帶。

教堂簡素，顯示這裡的修道士是以靜謐的心情生活。到處是斑駁的古雕像，沒有甚麼信仰的我們一邊搓著冰涼的腿，一邊細細欣賞那精美雕刻出來的裝飾之美。

「欸，我們再來一次這樣的旅行吧？」

千鳥說：

「我們再去一個像這樣完全無名的小鎮吧。」

「好啊。」

我說。

彷彿又看到一個未來。雖然是像教堂彩色玻璃外面的陽光那樣微弱的光彩，依舊飄然湧起又為未來製造一件樂事的心情。

又前進一步了。我想，就這樣，一點一點地前進就好。

千鳥突然問。

「妳在想甚麼？」

「昨天開始一直在想，談未來不久的事情，單純地感覺好好。」

我說。

「啊啊！」

她同意似的說。

她肯定也有看不到未來的時候。

即使描繪的理想粉碎了，人也像抽掉空氣的癱軟氣墊，但只要活著，總會有甚麼改變。

那趟旅行果真實現時，或許沒有多大的樂趣。

或許天氣不好，東西被偷，遭遇許多不順心的事情，沒有旅行的興奮開朗。

即使如此，描繪的未來仍是小小的一點希望無誤。

我們在漂亮小店上面的寬敞餐廳享受午茶。

午茶是司康餅塗上附近特有的凝脂奶油和果醬，搭配紅茶一起享用。

這也是好吃得難以相信，我們默默坐在長桌邊緣，吃得津津有味。

外面是清澈的光和五顏六色的花朵，晴朗天空下的海中，有著許多魚類和微生物生存的藍色富裕。

「這個島多麼和平。」

千鳥說：

「充滿了寧靜的和平。」

「對，氣氛和我們住的那裡有點不同。」

我說。

「如果能在這種寧靜的空氣中，過修道士的生活也不壞。每天把教堂打掃得乾乾淨淨……很幸福吧。」

千鳥說。

我笑說，那是愛好打掃者的意見。

那天晚上，我發高燒。

千鳥說，我是身心積累，在高臺上又吹了太多海風。她要我放鬆休息，午茶吃得很飽，到樓下拿點啤酒和零食來就行。

迷糊中，那個聲音聽起來很遠。

「妳自己去吃，餓了吧？」

我說。

「沒有，肚子還很飽。而且，英國人好像喝完下午茶後不再吃晚飯。」

她說。

「我理解。東西那麼濃膩。又沒有蔬菜，這麼說，我有點想念生菜了，歐洲似乎很少。」

　我這麼說，她點頭。

「明天精神好些後，就吃生菜吧。去超市買回來，洗一洗，在房間裡吃。」

她說。

肉體雖然難過，但只要千鳥在房間裡走動，我就有種幸福感。

在家裡，雖然爸媽在，但我還是寂寞。

不過，最近好像終於理解千鳥的寂寞了。

她肯定非常寂寞。

想到這個，眼淚奪眶而出。

「哭甚麼？」

千鳥訝異地看著我。然後說：

「啊，是因為離婚嗎？離婚的確會感到寂寞。」

嗯、離婚、寂寞。

一般人都這麼認為。

「還是喝點啤酒再睡比較好。我下去拿。」

那冷冷的手緊緊握了我的手一下，走出房間。

千鳥走下樓梯的吱吱咿咿聲音響起。

我本來想說，不是啦，是因為千鳥寂寞我才哭的，但是聲音出不來。

不久，她拿著炸薯條和啤酒上來，咧嘴一笑。

「用手拈著，吃一點再睡。」

雖然很勉強，我還是坐起來，健力士啤酒果然好喝，薯條味道也比日本的濃郁好幾倍，不知不覺吃個精光。

肚子很飽，刷完牙，又躺回床上。

千鳥溫柔地幫我蓋好毯子。

關掉大燈，去洗澡。

不規則的落地水聲和千鳥的歌聲，舒服地流進耳朵，我睡著了。

夢見聖麥克爾山的石造小教堂。

冷冷的地板，佇立的我。眼前是牆上的十字架和耶穌基督。

彩色玻璃透進的彩虹光線中，我感到十分滿足。

在夢中，我談戀愛。覺得已經沒事、從今以後沒有人生煩惱了。但不知道對象是誰。只有模糊的影像充滿心裡，那個人的感覺很像前夫。另一個我在想：「別傻了，不能再找那個人。」

我不停撫著胸口告訴自己，放心吧，已經沒事了。

猛然睜眼，黎明時分。

我在想，有這樣晦暗的黎明嗎？雖然太陽已經升上海平面，雖然天空漸漸染成橙色，雖然雲朵簇擁成粉紅色，但為甚麼還這樣昏暗？

戶外的幾個行人緊緊裹著大衣，呼出白色的氣體。漁船在似乎結凍的氣氛中出海。

在甚麼地方活下去，這很重要。

我這樣想著。

電暖器的熱度溫暖了房間。睡覺時流了一些汗，燒完全退了。千鳥還是緊緊裹著毯子睡得香甜，只露出額頭和眼睛。

這種時候，我很想回到那個公寓。

不想離開和前夫一起生活的那個令人懷念的房間。因為很喜歡窗外看見的玄關小徑。

好想回到做惡夢時、哭著鑽進他的被窩、迷糊中緊緊抱著我問「怎麼了、怎麼了、做惡夢啦？」的他身邊。我希望離婚是個夢。我甚麼都可以原諒，我想重新來過。只要他快樂生活，賣甚麼東西我都無所謂。我想看到在總店勤快工作的他，我也變得精神奕奕。我也想看到他在玄關跟我揮手說，沙沙今天好漂亮，我也會走運，路上小心！

那種心情一下子湧起。那是各種道理都無法解決的肉身寂寞。

果然，能夠不離婚，還是不要離。

如果要面對這樣寂寞的黎明，凡事只要忍耐一下就好。

如果醒來時，發生的一切都是虛構的，能再回到兩人生活的那個房間，多好！像平常那樣聊著公司的事情，喝他煮的味噌湯。

我哭著再度睡著。

再次醒來時，房間充滿雪白的光亮，彷彿不曾有過那個晦暗的黎明。

晴朗的藍天無邊遼闊。海鷗優雅地飛翔，天上飄著幾朵白雲。

「咦？想不到早晨這麼亮。」

我迷迷糊糊地說。

「醒來啦？」

千鳥端坐在枕邊，摸我的額頭。

「還有一點燒。能下去吃早餐嗎？」

「來到這裡，就算是等一下還要睡，也要去吃那有名的早餐呀。今天要吃不同的定食。」

我說。

我想喝水和紅茶，身體有點僵，想動一動。

「不要說定食，破壞情調。」

千鳥笑說。

我好喜歡那個表情。酷似外婆的笑容。

我在夢中的戀愛對象一定是千鳥。

出生以來不曾有過的安心感、平靜。

我並不是想和她接吻、做愛，只是覺得，想和我最喜歡的她在一起，如今願望達成，好幸福。

能讓我做那種夢，是酒館媽媽的才能，雖然有點悲哀。不是只有我有那種感覺。任何人和千鳥在一起，都會有這種心情。那種被理解的安心感。

晨光中，我穿上襪子。

「搞甚麼，在這個鎮上，美麗度好像降低了。」

千鳥說。我們都穿著牛仔褲、毛衣、圍巾、大衣，每天相同的服裝。因為沒有濕氣，衣服一點也不會髒。

上午悠閒地休息，下午到街上逛逛，買些果醬、小東西、鹹巧克力、稀奇的小玩意。

和千鳥在一起，心靈好滿足，感覺因為太喜歡她，以至於甚麼都不需要。我曾經這樣平靜地和別人交談、傳達自己的心意嗎？即使完全按照自己的步調前進，也絲毫不覺得格格不入。

「我剛才差點買了有好大海鷗圖案的條紋連帽外套。」

我說。

「千萬別買，超級難看的。回東京後，甚麼時候會穿？」

千鳥笑著說。

「在家裡。」

我說。

週日午後的舒適港口，慵懶的風無聲吹拂。

公園裡奔跑追逐的小孩、熟年夫妻的約會、胖大嬸的八卦會議。全世界各處鄉鎮都共通的週日輕鬆休閒感覺。

「為甚麼在這裡特別難以拓展人際關係？通常，旅行時會交到新朋友，得到資訊，去他推薦的店家，在那裡又認識朋友的朋友……應該有這樣的連鎖反應才對啊。」

千鳥說：

「為甚麼，不論到哪裡，都只有我們兩個？」

「嗯，這裡的人不善交際，最重要的是，我太脆弱了。」

我說：

「人在脆弱的時候，很難拓展人際關係。」

「要說脆弱，我才脆弱呢。外婆過世了，家裡空蕩蕩的，過的都是整天沒開口說話的日子、打掃累了昏睡一整天的日子，很不正常的生活。在巴黎的朋友家裡，不得不用英語或法語單字交談，總算有點改善。」

千鳥點頭說：

「所以，我很理解。心靈確實不太開放。不過，像沙沙那種境遇的人，這個時候還不大膽地去認識人，恐怕不好吧？」

「我現在不想那些。這種時候，即使談戀愛，也會很快結束。」

我說：

「還是有點依戀啊，對那個差勁的傢伙……」

「真是學不乖！」

千鳥笑了。她一笑，頭髮跟著搖晃，光是那個樣子，就讓我覺得很可靠。感覺和活著的人在一起。

「該回倫敦了吧？不能一直待在這裡，甚麼也沒有。」

我說。

「可是，我還想再去一趟昨天去的地方。聖麥克爾山，再喝一次午茶。」

千鳥說。

「就那麼喜歡？」

我笑問。

「嗯，昨天手機沒電，照片拍得不過癮。沒想到是那麼美的地方。以前，和外婆去聖米歇爾山，吃了有名的法式蛋包。那裡相當陰濕。我以為這裡也一樣，沒想到這裡明亮乾爽多了，大量的光，讓人平靜，我愛上了。城堡小巧可愛，景色也美，巨人住過的傳說不是也很動人嗎？」

千鳥說。

「啊，妳們去過法國！」

我說：

「我都不知道哪。」

「外婆說喜歡吃生蠔，有個有錢的客人就說，他出全部旅費帶我們去吃，於是我們和那對夫妻一起去。住在小旅館裡，吃了很多生蠔。外婆超愛吃生蠔，真的好高興。到死以前都一直說，布列塔尼的生蠔是最高美味。」

千鳥說。

「真好，這種豪華的故事、快樂的故事，真好。」

我笑著說。

豪華、悠閒，光是接觸這樣的情境，心情就變得開朗。辭職雖然是一件大事，但假裝沒聽見腦中嗡嗡作響的「這個年紀還能重新再來嗎？」的聲音，也很重要。

我變成現在這個樣子，也沒辦法。這趟旅行中，一直抱著這個無奈的想法撐著。見到千鳥以後，心情才稍微放鬆。一無所有的我，吹著海風，心情舒暢。

海邊的人都縮著肩膀，走在強風中。

他們在這個小鎮生長，偶爾去一趟倫敦，然後結婚生子、年華老去而死，無聊但平穩的一生。

我在東京忙碌工作移動地生活……繁忙時在車上狼吞虎嚥店裡的飯糰、親自運送促銷看板的忙碌生活。這個小鎮完全沒有那些忙碌的要素。固定的鎮民、固定的觀光客，和很久以前即固定的店家。（我想大概是這樣吧。雖然世代更替，但固定的店裡多半還是同樣的那些人，那個比例在這裡似乎不太有變化。）

接下來，我要做甚麼？

即使思考，也想不起甚麼。

雖然自由了，絲毫高興不起來。心境也沒開展。眼前只是遼闊的海。

不過，這樣也好。我不怕。永遠都這樣也無妨。

我還活著，欣賞景色。

我的眼睛逕自活著。

心雖不動，但我會笑，在走動。

不知這對我的幫助有多大？沒錯，就和千鳥的打掃一樣，沒有目的、沒有目標的行動，不知有多輕鬆快樂。

我們說好再住一晚，明天去聖麥克爾山。跟旅館商量，他們爽快答應讓我們續住現在的房間。

還打了折扣，感覺只要我們願意，可以一直住下去。

淡季就是這樣吧。

隨心所欲的氣氛籠罩著旅館和小鎮，也舒適地沁入我疲憊的心。沒有人行色匆匆，多麼美好的情景。

旅館人員的表情也輕鬆，散發濃濃的大方氣氛。

我們想換口味，去旅館隔壁二樓的泰國餐廳。

老闆是英國人，太太是泰國人，正宗的泰式料理。星期天的緣故，客人意外的多。

店內是泰國風的金銀色和原色交錯的豐富炫彩裝潢，還掛著五顏六色的旗幟和照片，從極少色彩的世界猛然踏進睽違多日的亞洲極彩色中，頭有點昏。

小病初癒，突然有場所變換到泰國的不可思議感覺。

「來對了，好多新鮮的蔬菜，就靠這些蔬菜和超級辣的味道，驅除感冒。」

千鳥笑著說。

「那就點有很多辣椒記號的菜吧。」

我說。

感冒雖然已經痊癒，但腦中還是悶悶的，動作也不俐落，每次動作都感覺自己像個矮小笨拙的女孩。因為睡得太久，世界看起來格外新鮮。

我們奢侈地猛灌泰國啤酒，大啖難以相信的超辣沙拉。千鳥用手捏著沙拉放進口中，一邊喊辣，一邊迅速撥一些給我。

她漂亮的手指迅速捏起掉到桌上的番茄塞進嘴裡，「好辣，可是好好吃」。整個動作都那麼迷人。

平常別人那樣撥食物給我，我會感覺不太舒服，但此刻我覺得那種熟悉的親近感是幸福的象徵。

那是如果不看窗外、會以為身在泰國的離奇夜晚。

讓人感覺窗外肯定有很多人，很多共乘、三貼的摩托車呼嘯而過，廣場上很多攤販，發出各種聲音，熱鬧不已。

實際上，這裡是個幾乎無人的小鎮，只有熟睡似的沉重之海。

只有我們四周在泰國的旗幟下，夜漸漸深。

吃過青木瓜沙拉和泰式酸辣湯，突然進來一個日本家族，我們一驚。

對方以為我們是韓國人或中國人，沒有在意我們，坐到後面。

富裕的一家，一身是低調但昂貴的服裝。

入座後，男孩還穿著西裝外套，使用刀叉，談論高尚的對話。

「雖然我沒有家世背景的情結，可是看到那種人，總是有點自卑。」

千鳥說。

「那就一直假裝是韓國人吧，ken-cha-na-yo（不要緊）。」

我說。

「a-la-so（知道了）。」

千鳥笑了。

我去洗手間，經過那個家族桌邊時點個頭，頭髮梳得整齊的日本太太驚訝地看著我——

「妳們是日本人嗎？」

「是啊，我和表妹來旅行。」

我用公關工作培養出來的最高級業務笑容說。

「啊呀，這樣啊。我先生派駐倫敦，趁著兒子放春假，來這裡旅行。明天想去Land's End，妳們去過了嗎？」

那位太太笑嘻嘻地說。西裝革履的先生和教養很好的兒子也笑著招呼。

「那個……我感冒了，在這裡逗留了幾天。」

我說。

「在這裡？」

那位太太對年輕的我們能待在這一無所有的小鎮好幾天，很驚訝。

「我們自己也很意外。」

我說。

「不過，這裡是放鬆休閒的好地方。」

她以社交辭令補充說。

「Land's End那裡有個遊樂園，好好玩吧。」

我說，再次點個頭，走向洗手間。

沒有甚麼好羨慕的。

我知道他們有他們的煩惱。

不過，我在洗手間時愕然發現——

是嗎？我在選擇那個人當丈夫的時候（只是因為他很有趣這個理由），那種一家人尋常晚餐的和樂融融溫暖氣氛就已對我絕望關閉了。我怎麼沒有想到呢？

但是，現在發現又能怎樣！

我忍不住笑出來。

不過，我並不討厭那樣的自己。

而且，以後是怎樣也不知道……。

我想在這趟人生中做甚麼？

想擁有家庭？還是想工作？或者，想和爸媽一起生活？

不曾有過人生夢想完全變成白紙的經歷。

彷彿他用魔法的光將我包住，抽走一切夢想。彷彿他奪走並吞噬了夢的概念，以及夢擁有的強大力量。

或許就是那樣。他是吞噬別人的夢想、以此為生的人。因此能夠那樣耀眼，也能說出別人最想聽的話。他唯一的能源，是挖掘別人心裡的淺溝、掃掉一點陰霾、取走裡面滲出來的光。

被辣味和啤酒醺得微醉的腦袋這麼想著。

回到座位，千鳥笑說：

「妳不是也能親切地和人用日語交流嗎？有Madame之風。」

「因為視線相對，而且她一副很想知道『這是哪國人？』的表情，我本來就是做公關的，和任何人都可以笑嘻嘻對話。」

我說。

「妳其實很體貼，無微不至。」

千鳥醉了，臉頰變紅——

「怎麼說呢？來到這種地方，就有亞洲人的興奮，很輕鬆，也很亢奮。我好喜歡這家店，可以的話，明天晚上再來。」

「好啊。我也吃膩了馬鈴薯！炸的、烤的、煮的。走到哪裡都是馬鈴薯。馬鈴薯本身是很好吃，可是真的吃得好累。」

我說。

計畫著「明天吃甚麼？」這乍看很無聊的事情，好想和千鳥一直這樣旅行下去。

可是，必須思考今後如何的日子總會到來。

恢復娘家姓氏的我，感到心虛不安。

我想念那些分散在東京各個分店、今天明天都在那裡工作不變、有共通話題的同事和朋友。

我沒發現自己過去是被婚姻和職場守護著，雖然是那種家家酒似的婚姻，雖然是那種有了孩子、就必須果斷辭職的職場。

我們沒有喝夠，回到旅館大廳再喝一杯。

在昏暗大廳已經熄火的壁爐前喝味道濃烈的蘇格蘭威士忌，有嚴冬的氣氛。
只有我們兩個客人，起初還在意我們的夜班櫃臺人員，不久也退回裡面。
「糟糕，沒有別人，這下真的變成千鳥酒館了。」
千鳥說。
「妳不覺得『千鳥酒館』真的比『千鳥酒吧』順口嗎？」
我說。
「不會，因為已經決定做酒吧了！我不會動搖。」
她笑說。
「千鳥媽媽，再幫我調一杯吧？」
我說。
「Rock好嗎？」
她問。

「也要chaser，加冰塊。」

我說。

「不冷？」

她問。

然後探身向著櫃臺裡面，呼叫負責人員。

她迅速用英語指示，酒吧兼櫃臺人員立刻做出我們要求的東西。當她一站到櫃臺附近，光環似的氣質立刻發生變化。背部挺得筆直，表情跟著改變，完全是個適合吧臺內側的人。

「讓您久等了。」

她笑嘻嘻地拿來兩個杯子。

一杯是開水，另一杯是添加冰塊的琥珀色蘇格蘭威士忌。

「千鳥，妳是不是很想工作？」

我說。

「嗯，好像有點生疏了。那個同性戀的酒保去學調雞尾酒，暫時在其他店裡進修。我想，那肯定會是一間好酒吧。我不會沒有幹勁。」

千鳥說：

「我還在想，可以跟那個酒保學一些雞尾酒的作法，以前外公只讓我接觸長飲型的雞尾酒。」

「很好。對了，我介紹的酒商怎麼樣？」

我問。透過總公司的關係，我介紹批發葡萄酒的朋友給她。

「要做house wine的價錢都稍高，不過，他幫我找到價格適中的系列。巴西Miolo地方的葡萄酒。我要試喝，他親切地答應，讓我喝了許多，整個醉倒。」

她笑著說：

「以前酒館裡，除了客人自己帶來的，沒有別的葡萄酒。不過，有錢的顧客很多，帶來的酒都很好，很多我不知道價格、看起來很貴的葡萄酒。」
「外婆不只喜歡生蠔，也喜歡葡萄酒和乳酪。」
我說：
「她味覺超棒，一般人根本不知道，那樣老舊的小店裡，有那樣味覺敏銳的人。那一點我相當自豪哩。」
「被外婆抓住口味的老客人一大堆，外婆就是可以配合葡萄酒來改變小菜的味道。有時她覺得店裡的爐子火力太弱，直接拿到樓上煮，雖然是毫不高級的店，但是那方面的拿捏，值得驕傲。喜歡好味道的老客人都是回頭客。」
千鳥說。
我知道，夜的時間因為酒力而延長。醉了，窗玻璃看起來很美。我也知道，有很多事情只能在這樣專注的世界裡思考。

「大家都說我是好人，可是，我不這麼認為哪！」

我說：

「我想不出自己哪裡好？反倒覺得千鳥和我前夫待人非常親切，細心體貼。」

「我啊——」

千鳥蹺著腳坐在沙發上，在黑暗的空間中凝視我，她的眼神已是酒館媽媽的眼神。不是表妹的眼神。

「你前夫……叫甚麼來著？浩君？我真的很清楚他，甚麼地方努力，哪裡善良，哪方面又會虛偽。因為和我有點類似。很清楚自己面對別人時是甚麼樣子。因此，對我們這種專做餐飲、接待客人的人而言，沙沙的純真無邪，是我們憧憬不已、有如光和希望的存在。」

她說。

「純真無邪？」

我噗哧一笑。

「不可能，我想的都是最狡猾、最骯髒的事情。」

「或許吧，因為是大人。但還是有些不同。長期做餐飲的人都有共通的毛病。因為吃吃喝喝是很大的欲望，我們都看在眼裡，也練就反射性的肢體語言。可是沙沙擁有我們所沒有的東西。不是教養良好，也不是可以明確說出來的感覺，是一種真實的溫柔。那種沒有歧視、真正溫柔對待我們這種人的心意。」

她說。

「哪有，才沒有啦。依我看，千鳥和浩君才是我憧憬的對象。」

我大聲否認。

千鳥搖頭。

「真不懂妳。」

那個語氣太像外婆。我快要哭了。

我鮮明映在窗玻璃上的臉，有點像她。

在這廣大的地球上，我們因為近親的血緣而親密聚在一起。但也可能無暇品嘗美好珍貴事物帶來的喜悅，瞬間就離開這個世界。

慢慢品酒到午夜一點，我們手牽著手，輕輕上樓回房。

因為喝得悠閒，沒有醉。

千鳥只是講話聲音大一點，完全看不出醉態。

在這裡的生活模式已然固定，我查看郵件的時候，她去洗澡，我泡好熱茶等她。

在這裡……不知為何，毫無壓力。我真的盼望，這種日子一直持續下去多好！能夠成為住在千鳥家裡、在千鳥店裡工作、一起吃飯的家人，不知有多快樂。

我知道，那是不可能的事，就當作是夢吧。就像她心中的大熊那樣，因為距離夠遠，做夢也安心。

她洗完澡，渾身熱呼呼地裹著毛巾出來，換我去洗，刷完牙出來時，很難得地，她還沒睡。

雙手包著茶杯，抿著嘴唇，看著窗外流淚。

「千鳥，怎麼了？」

我訝異地坐到她身邊。

「聽到深夜海水的嘩～嘩～聲，好想見外婆。這個心情簡直就是演歌的心情嘛！」

她說：

「如果在家裡，感覺只要喊一聲外婆，她就會來到身邊，可是來到這個地之盡頭，覺得那是好遙遠的存在。心想，我們真的一起生活過很長的時間嗎？雖然那是我人生中唯一確定的事。」

我抱住她的肩膀說。

「再過去一點就是Land's End了，這一帶真的是陸地的盡頭。」

「來到這麼遙遠的地方，才知道自己的孤獨。」

她又哭了。

懷念啊，這個感覺。

前夫也曾在半夜時突然哭泣，說他非常寂寞。

「大家都躲開了，一回神，發現總是只剩下我孤獨一人。我不知道是哪裡不對？哪裡有問題？我真的不知道。」

他常常這樣說。

「看似快樂和快樂不一樣，你總是看起來很快樂，其實一點也不快樂。大家得不到他們期待的東西，久了自然失望而去。」

我常這樣安慰他：

「還好啦，我不是還在這裡嗎？」

「可是妳一定會離開，每個人都這樣。」

他常這麼說。而那，也變成真的了。

我曾想過，你說大家都離開你，你究竟交過幾個女朋友呢？但覺得那些話是他純真的心聲，於是沉默不語。

我也感到抱歉，真的對不起，我沒愛你到那個地步。

我不像愛千鳥那樣愛你。

為甚麼我愛千鳥甚於愛前夫？因為我尊敬她。她的生活方式，無人看見時仍堅持的一貫信念。

或許，前夫因為是男人，那一方面比女人脆弱。

或許，他是在做出業績、專注工作、享受剎那、不顧身體狀況持續傾聽別人說話那方面的能力很強。我如果喜歡、尊敬那些而且樂在其中，我們或許能夠繼續下去，可惜，那些對我來說，毫無價值。

我安慰千鳥的同時，心裡想著，男女關係往往因為錯過甚麼，就無法好好走下去啊……。

安頓千鳥躺下後，我也上床，在沉思中關燈。

的確，那天晚上，感覺海的黑暗力量特別強烈，彷彿海水就要從窗戶悄悄滲入，風聲聽起來像剖開小鎮似的呼嘯而過。

今夜，寂寞小鎮的寂寞夜晚又以壓倒性的力量悄悄來訪。

唯一的溫暖是泰國餐館老闆夫妻的笑容和辣得讓我們發笑的炒菜回憶。

再不離開這裡，我們或許會溶入這個小鎮……，我這麼想時，黑暗中突然響起千鳥的聲音。

「沙沙，好寂寞哦，我睡不著，到妳床上躺一下好嗎？妳抱抱我？」

「好啊。」

我睡意迷糊，很自然地回應。

她像個小女孩爬到我床上，小小的床鋪顯得擁擠。我抱著她，撫摸她的頭。好小的頭！像小孩或是偶像歌手那般大。還有洗髮精的宜人味道。一切都小巧可愛的午夜世界。

「明天會放晴，離開這裡吧，在我們變成幽靈以前。」

我說。

「我剛才也這樣想。這裡的夜晚太寂寞，太靠近海邊了。」

她鼻音模糊地說。

緊緊挨在一起，她突然嘀咕。

「糟糕，這和挨著外婆不一樣，年輕的肉體挨在一起，不由得激情起來。身體真的很老實。沙沙，我們接吻試試看？」

麻煩囉！

我完全不知道她有那種興趣。

「千鳥。」

我想保持平常心，可是聲音有點沙啞。

「妳有那個傾向嗎？早知道這樣，不知道還會不會跟妳一起旅行。」

「不是啦！我喜歡男人。只是現在有那個衝動，妳沒有嗎？試試看也好，反正只有我們兩個人。」

她像有相當醉意的沙啞聲音說。

這世上只有我們兩個。我也這麼覺得。

在這比陸地盡頭還要偏遠的地之角，我們永遠是孤獨兩人。

在某一意義上，我們肯定已經死了，是幽靈。

我這麼想。

我們還活著的證據，是她的體溫、酒味和髮香。只有這些。隨時消失也不奇怪的虛幻東西。

「嗯～，如果只是接吻，來吧。」

我說。

「來囉！」

我們長吻許久。小小的唇，小小的舌頭。我第一次和女人接吻。她的嘴唇小得像鳥喙。

千鳥接吻的功力超棒，我體內有甚麼觸動了。

「現在正和表妹接吻、糟糕、明早醒來怎麼辦？」的心情突然消失，某個猙獰的感覺升起。

她實在很有技巧，讓我產生和那只顧自己快樂的前夫之間所無的激情。

「怎麼樣？」

千鳥說。

「沒我想的糟糕，不覺得討厭。如果討厭的話，肯定把妳推開，離開房間。但我最驚訝的是，女人的嘴唇那麼小。好小，所以不能推開。」

我說。

以前，或許因為對象是男人，我才做得出吵架、甩耳光、推開對方、深夜在街頭奔跑那些事。

黑暗中，我的聲音格外清晰。

「如果會讓妳那樣，我會停止，即使很衝動。」

她平常地說。

啊，酒水生意的人太習慣這種局面，果然是專業。她和外公外婆不同，他們是夫妻一起經營酒館，她是一個女人參與眾人。

她是以「喝茶嗎？很好」之類的心情做這種事。

那種經歷之長久與自然，讓我惶恐。

包括前夫的情況，讓我想到「居住的世界不一樣」這句話。

「千鳥，妳激情的時候是想著我自慰嗎？」

我問，

「妳喜歡我嗎？這些事說出來，感覺很噁心哪。還有，我們不只都是女人，還是表姊妹。」

「別跟我講道理，我只是今晚非常寂寞，身邊有沙沙，覺得沙沙很可愛。」

她說。

這心理狀態真的和前夫沒甚麼不同。

她是這樣的人啊。

「如果妳喜歡我，我們以後要交往嗎？」

我說。

那就麻煩了，因為我還想和男人交往。

「啊，不會啦。」

千鳥說：

「可是，我不知道會變成怎樣。」

「我還想和男人交往啷。」

我說。

「那也是，還是算了吧……」

她翻身平躺，凝視空中。

「不做的話，我們還能當表姊妹。」

我說，可是心臟猛跳。

「不行，還是做做看。」

她說，翻身跨在我身上。

「就當作遊戲好了，今晚好好樂一番，減少此刻的寂寞。」

「妳不覺得做完後可能更寂寞？」

我說。

「不會比現在更寂寞了。我們沒有明天，或許，連現在都沒有，只要待在這個奇怪的小鎮。」

她說。

好吧，也沒辦法了。就用我吧。因為我也可以享受。

我用眼神告訴她。

不可思議的黑暗中，無聲的言語相通。

她點點頭，開始愛撫我的身體。

那種熟練的感覺深處，有著真正的千鳥。

其實不是很舒服，只是我很興奮，沒有好好思考。不過，我非常喜歡真正的千鳥。通常，人活著不會展現真正的自己，而會靈活配合對象、當天的心情、身體的狀況，而和各種人融洽相處。

但在心靈之中，仍有著這世上最自然狀態下的唯一自我。

千鳥的自我非常清潔、堅強、忍耐孤獨，獨自前行。

因此，我沒有遊戲的感覺，而是感覺接觸到龐大無邊的愛。人在超越非比尋常的悲傷時，會變得這樣豁達嗎？千鳥成熟得讓我驚訝。

「……千鳥──」

「幹嘛？」

呼吸急促的她溫柔回應。

「我可以甚麼都不做嗎？總覺得有些抱歉。」

我說。

「沒關係，好玩而已。」

她微笑。

完全是說「再吃一半司康餅？」時的語氣。

我也漸漸習慣。

「好玩……」

我說。

「可能會害羞，醉意也消失，所以不脫衣服也行。我怕妳感覺不舒服，所以也不用舌頭。妳只要閉上眼睛躺著就好，我在瞬間讓妳達到三次高潮。」

千鳥手不停歇地說。

我已經處在不能回頭的狀態。

「可是，妳不會無聊嗎？」

我說。

「沙沙真體貼，我就喜歡這樣的妳。」

她在黑暗中微笑。

我心裡想，不是體貼，只是人的種類不同而已。

「不要緊，妳會害羞，就閉著眼睛，我也自在些。」

她說：

「其實，我也只用這樣輕柔的方式和女人做……。」

「了解。」

我說，閉上眼睛。

接下來的事，我一輩子也忘不了。千鳥的手指輕輕撫摸我身上每個地方，沒有激烈地觸動。我努力不發出聲音，靜靜玩味那一切。

那種大到人生出現變化、卻只有快樂幸福的心情真好。

我很快就到達高潮，她小聲說：

「等一下再試一次好嗎？肯定更舒服。」

實際上正是如此。我越來越激情，她只感到幸福而已。

醒來時，半裸的千鳥在我旁邊呼呼大睡。

我想認為那一切都是夢，然而，不是……。

我神思茫然。

晨光又從海面升起湧來。

在這料峭春寒的不可思議小鎮。

旅遊手冊上說彭贊斯是「神聖的海角」之意。這樣悠閒的風景中藏著聖神或惡魔嗎？

我心裡想著那些，眼裡看著近乎可怕的橙色朝陽。

這個小鎮的晨光色彩，濃得即使天空昏暗、也能把房間裡的東西和還在睡的千鳥臉龐染成橙色。

千鳥突然跳起來。

「啊，沙沙，嘿嘿、妳到了吧。」

看到裹著毛毯笑得天真的她，心想「不就是變得更親密了」，於是說出來。

「是啊。我難得衝動。沙沙真走運！因為人家都說我是怎麼追求都不為所動的鋼鐵女哪。」

千鳥說，一副舒暢幸福的表情。

是嗎？她是不這樣做就無法真正交心的超拘謹類型啊。

「算我走運吧。」

我說。

我很訝異那麼自然地就到了早上。只是些微的次元差異、角度不同，一切都順利得毫無扞格。如果在日本，這種事情不可能發生。是這裡的乾燥空氣、清涼海風，和遙遠的浪聲使我們這樣。這個小鎮一定充滿看不見的生於斯、死於斯的人們。他們的作息不知不覺滲入我們之中。

「不對，不能那麼說。走運的人碰到的應該是好事。在該來的時候發生才是。除此以外，都算是遊戲。」

千鳥說。

稀鬆平常的語氣，我只能認同。沒有鬆口氣，也沒有失望。

昨晚，她逕自猛睡時，我已重新洗個澡。

千鳥起身說「我去沖個澡……」，發出嘩嘩的沖水聲。

我心情平靜，不想和她交往，也不想放縱愛情，只想繼續保持這份親密。

如果和別人做那樣過分的事情，我還能這樣和對方平常相處嗎？

早晨醒來時，目不轉睛看著睡在旁邊的人，心想，多麼美好的表情啊，也因為能讓他有幸福的表情，而對自己產生自信。

我甚至想，或許過去的一切都有某些不同。

雖然沒有絕對的信賴，但只要有適當的機能，都能設法做到。

以後，我會以這樣平靜的心情和某個人睡覺嗎？茫然中又燃起一點新的希望之光。

所有的意義都已釐清，在晨光中，吃著已經習慣味道的早餐。餐廳很乾淨，雪白的桌巾耀眼。

帥哥廚師記得我們，多給了一個烤番茄。

那些點點滴滴都是旅行的回憶。

我們深刻感到旅行即將結束。

我深深盼望，能像千鳥用她的光照亮身邊的人一樣，我也能成為獨立的存在，我也想照亮別人。

「沙沙，我可以問妳嗎？」

她咬著麵包說。

「甚麼事？」

我看著她。

「老實說，妳和前夫有過高潮嗎？我覺得好像沒有。」

「嗯，或許偶爾幾次吧。」

我說：

「他是很淡泊的人，總是一下子就完了。」

「果然！果然！」

千鳥說：

「那樣，還是離婚比較好。整體來看，不會幸福的。」

「好像真的是這樣。」

我說。

「欸，最後一天了，今天要盡情的拍照、喝下午茶，我還沒厭倦馬鈴薯，想吃乳酪焗馬鈴薯，喝個過癮！」

千鳥說：

「還有，今晚絕對不會偷襲妳，因為月經來了。」

「不會再讓妳偷襲的。別一大早就談高潮啦、月經啦這些有的沒的，腥味太重，讓這童話般的早餐都變得難吃了。」

我笑著說，同時有點放心。

不是真正戀愛卻每天做那種事情，不死也會膩。

「不會啊，這裡的早餐最棒了，超滿足的。」

千鳥說：

「來到這裡真的好好，心情開朗，這個小鎮的感覺非常適合現在的我。」

她不再感到寂寞，我比甚麼都高興。

外婆過世後，她在二樓的房間獨自哭了多久啊！

大哭一場後，獨自起身打掃，在緊閉的酒館裡，度過多少個沒有客人的寂寞夜晚？

或許，只有我能安慰她的身心，這麼想時，我也變得有點堅強了。

真心想為別人做的事，通常都是帶有一點點痛楚的事。

第二次來聖麥克爾山，海風比上次大，船也劇烈搖晃。

但是陽光溫和，陣陣清香草味，依然是個美好的地方。

上次來時人太多，不能好好瞻仰有「巨人心臟」之稱的心型石，這次可以直奔巨石前，好好觸摸、拍照，佇足城堡的大廳，悠哉觀賞牆上裝飾的肖像畫和照片，想像畫中人居住這裡時的心情，慢慢瀏覽可愛的賣店，買了各式各樣的巧克力。在高高的陽臺上茫然眺望海洋，多久都不厭倦。

是因為輕柔的海風吹拂？還是溫暖的陽光所致？

「真好，這樣的假日，最棒了。那個小鎮的詭異磁場到不了這邊，慵懶的氣息消失了，人好清爽。」

千鳥靠著圍牆，望著大海說。

我好喜歡千鳥。

比過去喜歡的任何人都更自然地喜歡她。胸中燃燒的火不像壁爐的烈焰，而像畢剝畢剝燃燒的炭，發出清心的色澤。

我不想和她再多做甚麼，現在這樣就很幸福。

「的確，那個小鎮是有點慵懶，感覺有甚麼不對勁。」

我說：

「不管怎樣，回到倫敦後，又會像鄉下人那樣東張西望了。」

俯瞰下方，綿延到城堡頂端的石階上，遊客看起來很小。都是只有此刻身在這裡、終將要回到各自國家和城市的人。在這裡經歷時間，和他們的流動無關的這個小島。有著溫和巨人傳說的小巧可愛場所。被喻為「康瓦爾皇冠上的寶石」之島。

望著大海和對岸有如珍珠般白色光澤的小鎮，我突然想到。

我確實有過像喜歡千鳥那樣喜歡前夫的瞬間。

前夫的童年很複雜，三歲時，母親再婚，帶他進入新爸爸的家。新爸爸是個好人，經濟穩定，雖然高興地收養他，但並不特別喜歡小孩。新爸爸和亡故的前妻之間沒有孩子。亦即，新爸爸沒有和小孩共同生活的經驗，不知如何接觸這個新兒子。

前夫說，他童稚的心覺得必須討大人歡心，也為了媽媽的幸福，因此努力保持開朗。

他的努力有了結果，年老的雙親至今仍以他為重。

父母常對他說，有你在身邊，我們就有精神，家裡也熱鬧。這些話更強化他的特殊個性。

高中和大學都休學，到海外閒晃，但是雙親非常支持他，凡事隨他高興，也給予經濟支援。亦即，被關愛、受到注目、被喜歡，是他的命運。

我見過他父母幾次，他們看起來就像感情很好的真正親子。他母親是靦腆、沉默、外表素雅的美人。能夠敏銳察覺媽媽的心事，逐一把那些變成有趣話題的前夫，簡直像個小丑。他對繼父，會稍微改變說話的方式，特別顯示出繼父喜歡的像個男人的獨立思考和灑脫氣質。

看到他那個樣子，我很想哭。

想像他小時候覺得不這樣做就無法生存的模樣。

腦筋轉得快的他，認真思考過要如何做才能在那個家中有個好位置吧。

因為我們的休假日總是錯開，結婚幾個月後，特地一起休假，到京都山中旅行，說好這趟旅行中絕對不談工作。

那是夏雨淅淅瀝瀝的日子。

本來預約的是個小房間，但親切的旅館人員主動幫我們換成有陽臺的房間。雨水打在有點像甲板的木頭陽臺上。窗外是茂密的樹葉，和一塊空曠的草地。那是普通雜樹林中一塊不明所以的空地。大概本來要蓋甚麼建築的，否則，無法解釋這塊地的空曠。

以前旅行時，前夫和我總是像閨中密友，有的沒的感動得說上一大堆。只有那天，不知是剛泡完湯、還是人生剛好和那個瞬間契合，他難得的安靜，害我以為他病了。

他收斂起天生的過剩服務精神，我們只是靜靜躺著。兩人之間距離適當，我們伸直手臂，牽著手。他那乾燥溫暖的大手比本人還能證明他的人生。

眼前有雜草茂密的潮濕空地。

一無所有的景色，奇妙地契合那天的我們。

「這樣悠哉，真好！」

前夫說。

「因為下雨，不能到外面走走。」

我說。他立刻接著說：

「雖然不能出去，但在這裡看雨，很幸福啊。我都懷疑出生以來有過這樣幸福安詳的心情嗎？」

不是往常那種演戲討我歡心的語氣，是像身心深處突然漏出的嘆息般語言。

我覺得能為他那種人引出那份寧靜的瞬間，是個奇蹟，在那種不可承受的沉重下，甚麼也不敢說。

那是和昨晚獻身給千鳥時完全相同的心情，覺得那個人這樣開放心靈，是個奇蹟，不可以用語言汙染。一開口，會完全摧毀他心中最重要的部分。

我們沉默地看著被雨水濕潤的草地。

可惜，我們都沒有繼續培養那時的相通靈犀。

這麼感覺後，我好想哭。

我們應該更平常、不用力、從容地培養那份靈犀。縱使難得出現、縱使十年只有一次，既然有了，就應該好好培養，就應該關注，或許會有甚麼從中開始。

因為千鳥強烈要求，我們在賣店上面的同一家餐廳喝午茶。在英國吃過各式各樣的凝脂奶油，但千鳥說這裡的牌子最好吃。

聖麥克爾山的乾淨餐廳，大概很多團體觀光客。長長的桌子並列，我們並肩坐在中央景觀最佳的位置。

前段時間，我都在英國，口味濃郁的食物已經吃膩，所以只點了一份乳酪焗馬鈴薯和奶茶，兩人分享。

千鳥說，奶茶添加的凝脂奶油不是單純的濃郁生奶油，牛奶煮沸後，必須放置一晚，可是日本的淡牛奶實在很難做出來。

我拿著記事本，認真聆聽，對面長桌邊緣的團體銀髮觀光客中，有位老太太走過來。她笑著說：

「妳們在談凝脂奶油的作法嗎？」

「是的，」

我說：

「我們說日語，您聽得懂！」

「感覺聽得懂。」

她笑著說。

她很胖，身穿花上衣、針織裙子。外表完全不像纖瘦輕盈的外婆，但笑起來時的門牙縫隙、瞇著的發亮眼睛、還有勤快工作感覺的粗糙手掌，這些細微處都非常像外婆。

外婆走後，我不曾這樣鮮明地想起她。

再次感到活生生的肉體發出的強勁味道、溫度和氣息。

千鳥肯定也這麼想。

老太太坐在千鳥旁邊，聊起凝脂奶油。

她用英語慢慢述說，發聲的方式也很像外婆。

我差點以為是外婆變成天使附在她身上。

「那個啊，普通的牛奶做不出這個濃郁的味道，必須是康瓦爾相傳的脂肪成分多的牛奶。所以，在日本做的時候，要盡量用低溫殺菌的濃郁牛奶，再添加馬斯卡彭乳酪或煉乳試看看，不下點功夫不行。我以前都這樣教日本朋友做。因為那個朋友說日本的牛奶太淡，我想出添加甚麼後可以做出近似的味道。」

做著筆記的千鳥定睛凝望老太太一會兒，低下頭，忍不住哭起來。

老太太嚇一跳。

「妳怎麼啦？」

「我外婆最近剛過世，我好想她，我是外婆撫養長大的。」

千鳥哭著，聲音很清楚。

老太太緊緊抱住她。

「我想，妳外婆一定希望妳好好活著，到了我們這個歲數，對年輕人都只有那種想法。」

「我知道。」

千鳥繼續哭。

老太太的味道、手上的皺紋、顏色不佳的扭曲指甲、鬆弛的頸部、聲音的顫抖等，讓她想起的不是外婆過世之前令人難過的模樣，而是還有點精神、勤奮工作時的樣子。我也好想見到外婆，好想念她。

我也含著淚，一起看著窗外盛開的花。

感覺過了很久，突然聽到老太太說，妳太瘦了，多吃一點、保重身體啊。她親吻千鳥的額頭一下，緩緩走向櫃臺。同伴在那裡等她。大家都以非常親切的眼神看著我們，就像看著這世上最美麗耀眼的花束般，看著頹靡如幽靈似的我們。

「唉呀，竟然哭了。」

千鳥說：

「現在的我，很依戀老太太。」

「嗯。」

我只是點頭。

水壺添加開水，我們喝著溫熱的茶。

更加覺得這世上只有我們兩個人。

老太太那有點骯髒的袖口、雪白的假牙、蓬亂的頭髮、針織裙子的毛球。

每一樣都鮮明地壓迫胸口，我太了解千鳥的心情。

我的媽媽也漸漸有那種感覺。

「我們也努力變成那樣慈祥穩健的老太婆吧。」

我說。

「甚麼話！」

千鳥紅著眼睛笑了。

「我發誓，這輩子不會再對沙沙發情。」

在返回岸邊的小船上，千鳥說。

「甚麼呀！」

我忍不住笑出來。

「想起昨晚的事，覺得很丟臉，表姊妹還是不要那樣比較好，不好意思。」

她說。

「酒醉之過，不予計較。」

我說。有點放心。沒有一點失望。一切都是這個小鎮讓我做的夢。不是真正看到。

這個小鎮讓我夢到我和千鳥。

看著海浪濺起的透明光亮，我更加如此確信。

「沙沙的灑脫救了我，如果，真的被妳愛上，就麻煩了。因為我們是表姊妹。」

她認真地說。

「千鳥，妳說話總是那麼犀利。」

我笑笑，接著說：

「我以前很會玩，雖然這是第一次和女生，但常有這種一夜情，三十歲以後才減少，因為結婚了。

「所以，還滿懷念那種早晨的尷尬，以及逐漸淡忘的感覺。通常興致來時，不管眼前的人是誰，做了再說。妳為甚麼不和那個大熊玩一玩？反正不會結婚，和我、和大熊，有甚麼不同？」

我年輕時真的好玩。

和各種人玩一夜情，度過不可思議的親密時光。

如今，那些都像夢中的淡淡美好回憶。

不能長久的事情不知不覺沉入人生之夢的區域裡。

如果千鳥能和大熊交往，我真的認為很好。如果能夠，即使是短暫的一時也好，我希望現在寂寞的千鳥幸福。

「最大的原因，當然是他有老婆孩子。」

千鳥說：

「他太太有時候會來東京。」

小船靠岸，我們跳上階梯登岸。小船又載了別人，緩緩向有如海上蛋糕般的聖麥克爾山前進。

「一起來店裡？」

我問。

「沒有，我只是在銀座看到他們同行。我應該平常心地上前打招呼，但我卻趕緊躲起來。」

千鳥很傷心地說。

聽到這話，感覺她是很悽慘的存在。

骯髒巷弄裡的小酒館中長大的孤女。

我第一次那樣看千鳥。

於是，我領悟到，她一直那樣看待自己而活。

因為個性沉默，所以沒說出來，但是一直抱著那個自卑的心情。

可是，我知道她有強韌的生命光彩、真心對人的親切、少女般的溫柔情懷，她非常努力出色，不需要那樣想。

「是嗎？」

我說，挽著千鳥的手臂。

「啊，表姊妹、手挽手。」

「對，我不會再偷襲妳啦，放心。」

千鳥說。

「喝了酒後，誰知道會怎樣？」

我笑說。

我已經明確拒絕了，應該沒問題。

昨天的事對我們來說，雖然真實，但以後會當作一場遊戲吧。不必然再有。

我也沒那個興趣。

當作一次夢中的奇蹟即可。

當成一件年老時回憶，已不清楚那是真的還是空想的事情就好。

「千鳥應該以自己為傲。我覺得妳的生活方式很棒，別人沒得比。可是，妳隱藏的不只這些，還有感情。看到他們夫妻時惶恐不安，是因為已愛上他。」

我說。千鳥點頭。

「看到他們走在一起時，我心跳得好急，也好痛，連自己都訝異。看到他們，感受到他們之間的漫長過往。生養孩子、辛勤工作、年節採買、吵架、和好、像同一個窩巢中的動物緊緊相偎生活，那些累積的過往塞滿了他們的模樣中。

「那天晚上，大熊照常來到店裡，我問他『一個人來東京嗎？』他點頭。那時，很高興知道他對我有意，但另一方面，也感到非常寂寞。

「我想起他太太。人很樸素，面貌清麗。雖然有些年紀，但像個少女，走在體格魁梧的大熊身邊。我想，他們肯定是這樣一路走來。我如果和大熊睡覺，他脫下的襯衫、手帕，都是他太太每天以平常心為他準備的東西。他的公事包、襪子，都是來自他們的家、生養孩子的家。

「不倫就是這麼回事。乍看很快樂。在愛情賓館裡，不需要打掃，不換床單也可以，只要大啖美食，喝酒，做愛，享受一切樂事，不是很好嗎？

「可是，那就和妳前夫所要的輕鬆燦爛又快樂的人生一樣，其實無聊至極。如果沒有不停地清洗碗盤、擦拭桌椅、洗衣曬衣、替換床單，弄到腰酸背痛，和那個人的關係就不會加深。為甚麼？我不知道。可是，好像就是那樣。」

千鳥看著海，

「唉，或許還是有很多人不是這樣，但至少，我是這樣。」

「可是，大熊……欸，他到底是姓稻熊還是熊谷？」

我問。

「都不是，是因為他體型魁梧，給他取了這個綽號，其實是佐伯。」

她說出佐伯的時候有點害羞，那樣子很可愛。

「這樣啊，從談話中我還是無法想像，不過，千鳥很可愛，真的喜歡他。」

我說。

她扭過頭去，輕嘖一聲。

最後一夜，我們再去已經很熟悉的泰國餐館。

老闆和他纖瘦的泰籍妻子再度歡聲迎接我們，笑嘻嘻地提供各種服務。

泰式炸地瓜、綠咖哩等。

免費供應的小菜比我們點的菜數量還多。

我們抱著好像會長住這裡的心情，津津有味地享受含有大量蔬菜的晚飯。我們特別提早去，店裡還不忙，除了我們，只有一桌客人，所以老闆夫妻不時晃到我們桌邊。

老闆是身材高大、體格結實、戴著黑框眼鏡的嚴肅英國人。一有空，就走到我們桌邊，感慨地說：「我去泰國，在曼谷的高級百貨公司咖啡座偶遇坐在旁邊的太太時，以為她是真的女神。直到現在，看著她睡覺時的臉，仍不住感嘆，這才是佛像的美！

「這世上竟有這樣美麗的人。她是富裕人家的獨生女，我帶她來這裡，等同於私奔，現在當然和她娘家有往來。她幫我生下非常可愛的孩子……泰國人真的很美。和他們在一起，我覺得自己像隻龐然笨拙的大象。」

穿著襯衫、掛著圍裙、倚著牆壁、抱著胳膊、眼神飄渺望著遠處的他，遙望的肯定不是英國的鄉下小鎮，而是初次遇見她的泰國熱鬧街頭。穿梭在高級百貨公司金光閃閃樓層之間的富裕泰國人。

我想像這對夫妻年輕時邂逅瞬間以英語交談的模樣。

他們的風貌和裝飾與牆上的泰國國王伉儷年輕時的照片重疊。這來自母國、裝飾在遙遠地方的年輕國王伉儷的照片，無所不在。

今晚，在店中閃亮亮的泰式裝飾包圍下，一時忘記如影隨形的異國寂寞。

「還是亞洲能讓人放鬆，光是坐在這裡，就感到心情舒緩，雖然文化完全不同，泰國和日本。」

我說：

「在這個意義下，酒館，或許是日本人的心靈故鄉。」

「酒館，是無處可去之人的心靈最後堡壘。」

千鳥又叫了一杯泰國的勝獅啤酒——

「如果沒有我們，這社會更壞。所以我超愛自己的工作。」

我覺得真的是這樣，於是點頭。

人生像船一樣前進，景色慢慢改變。我並不能阻止那個改變。猛然察覺，在那些景色中，總是有著各個年齡階段的千鳥笑容。外公調製顏色漂亮的雞尾酒，外婆仔細用力擦拭玻璃，那些動作穩定得讓人感到永遠。

我想，那些老顧客死的時候，肯定有一瞬間想起那幅光景。

「酒吧也好，酒館也好，只要我的面前有吧臺，十秒鐘之內，我就可以變成店裡的人。那是我的人生。」

千鳥說：

「不是單純地有很多玻璃酒杯，襯著後面的鏡子，整個感覺晶光璀璨就好。在那裡，每天晚上，心情都漸漸興奮高漲，那是和舞臺上的 high 一樣的心情。將來有一天，我會生孩子，也會靠著酒館養育孩子。」

「有千鳥在的地方，不論是地球哪裡，都是酒館。能夠的話，就栽培第三代吧。」

我說。

千鳥點頭笑了。

我知道這是最後一夜。途中也有一點難得的體驗。

可是回去以後，必須回到各自的人生。

雖然這樣親密地在一起，我還是無法感受父母雙亡的心情，千鳥也不理解離婚的苦楚。各自的船載著各自的傷痛，緩緩前進，像是永遠持續相同的每一天般前進。

在這個小鎮，我們像是從小小井底仰望遙遠天空的孤兒。

「決定別人的人生，這樣的束縛算甚麼？是祝福呢？還是詛咒？」

千鳥說：

「如果我是沙沙，就不會和那個老公離婚。感覺還好嘛！離婚很麻煩，他也很有趣。不過，我不喜歡那種緊張度高的男人，所以，這個假設不成立。我喜歡樸實、理性、感覺柔道很強的人。」

「或許吧……爸媽的教導，讓我深信一定要好好結婚生子、勤勉工作，我不能、也不想讓他們失望。」

我說：

「可是，真正愛上時，不對，是有被愛的感覺時，不管價值觀和我多麼不同，也要繼續下去。我是輸給那份服務精神，沉溺在被讚美、被照顧的感覺中，只圖自己的方便去愛他。離婚是兩敗俱傷，但是如妳所說，我不能染上他那種浮誇的氣息。我不能原諒他的弱點。」

「即使如此，這個決定還是太快，因為，真正愛上一個人，需要很長的時間哩。」

千鳥說。

「是啊……或許再等一段時間比較好。但為甚麼走到離婚這地步呢？是因為拋開自己的方便後，我完全不會想去愛他。

「絕不是每天快快樂樂的就會變成愛。那只是像負債的人暫時忘掉欠錢、兀自過著快樂的日子。

「也像住院的人一時出院，不是確實暫時忘掉醫院的事，只是因為明天早上有重要的會議，要看到很討厭的人，心情沉重，於是喝酒，任性地逃避時間。妳懂嗎？」

我說。一邊咀嚼美味的生薑炒雞肉，那是滲入胃裡的滋味。果然離不開高湯的味道。我的成長規範了我，千鳥的成長規範了她，要改變這些，需要無比的輕鬆和幾乎忘記時間的耐心。

「我明白，到徹底的程度。這不只是沙沙的錯。我不認為只有沙沙在逃避。說到底，是他不愛自己，真的非常不安定，所以怎麼樣也堆積不起愛情。和這種人在一起，只是消耗。

「不像外公外婆，他們愛自己，對人生有自信，總是從容不迫。不管是在醫院，還是在家裡。他們都是這樣的人。在家裡時，展現真正的笑容。那個時候，我真的忘記他們還會住院。他們親身讓我那樣感覺，毫無勉強。

「『幫我掏一下耳朵』『冰箱的番茄吃了沒』這些話，都是以這個生活將永遠持續為前提而說。因此，我能夠愛他們。雖然難過時也會發洩怒氣，在那麼狹小的屋子裡大吼，讓我一個人靜靜！這種事當然也很多，但即使有這些小刺似的不愉快，我們還是經常感到平靜，發過脾氣後，互相道歉幾句，立刻和好。一切都那麼稀鬆平常。所以，我也能夠平靜如常。如果他們經常處在對自己生活沒有自信的狀態下，我大概也無法去愛他們。就因為我們的生活永遠安定，所以我現在也能安定。」

千鳥說：

「總之，不能做個不安定的人。尤其是男人，不用那麼多廢話，穩重才是王道。」

「是啊……因為就像媽媽說的，不論為他花多少時間，他都不會交心。」

我說。

不自覺流出眼淚。

我真的很想和他交心。想擁有很多的無言時間。想靜靜地生活。我希望他知道，即使沒有特別的對話，不明褒暗貶對方，不會做豪華大餐，沒有特別有趣的新聞，人和人之間也可以像內側發出純樸之光似的相互依偎。

可是，他對那些毫無興趣，沒辦法。

人不能改變別人。我太傲慢了。

因為，人甚至不能改變自己。

一心只想著像形狀記憶合金那樣回復原狀，不論那是多麼痛苦的場所。那就是人。

反正，最好是回到從前、進入自己期望的場所，因此，千鳥專注於吧臺後面能發揮才能的場所，他也只能以人氣店長之姿繼續找女人而活。

我雖然追求爸媽經歷的穩定之愛，但也想參與現實，肯定要做公關的工作。毫無名氣，到處奔波陪同採訪，用不熟悉的英語、收集需要的文件，和當地有影響力的媒體交涉，協助設立海外分店……啊，我還是想做那些事情。我辭職以後，第一次覺得，好懷念那忘記一切、專注眼前、連結人和人的工作。

可能不會再見面的老闆夫妻，站在門口目送我們。

他們的笑容，襯著背景的泰國旗幟和裝飾，像一張照片的美麗光景。生活在地之盡頭的他們，一直揮手道別。肯定在這裡生活、在這裡死去的他們。他們融入風景、為異國人提供美味食物的人生。和我、千鳥，以及這世上的任何人都一樣，就這樣過去。

在旅館酒吧喝完最後的健力士啤酒，上樓回房。

我們都覺得昨晚的事情沒有發生過，那像是在另一個次元發生的事情。今天更有神清氣爽的感覺。

是一切都恢復原狀的表姊妹尋常之旅。比以前還平常。我們收拾行李，聊著本地特產，泡茶喝茶，輪流洗澡。

甚至沒有假裝無事的尷尬。

「辦個開店party怎麼樣？」

我說。

「嗯，低調地，妳來吧，或許會有豔遇。」

千鳥說。

不論年紀多大都喜歡跳舞的千鳥，有很多年輕的俱樂部系和DJ朋友。她說，到時候會很熱鬧，從中找一個年輕的他也不錯。

「完全繼承綠酒館了！」

我說。

「我想，那肯定是外婆希望的。」

千鳥說：

「外婆以前說，要收掉酒館，因為怕我守不住。雖然我已經不小了，但在外婆眼裡，我永遠是小孩。」

「嗯，千鳥獨自照顧酒館，我和媽媽都有點擔心，可是，找一個新工作固然不錯，但時間久了，還是會難過。那個關店party很溫馨。」

我說。

外公去世不久，外婆也覺得經營吃力，想收掉酒館。她決定後，告訴千鳥。

我無法想像纖細的千鳥是以多難過的心情接受那個決定。

店裡的顧客平均年齡七十歲，訃聞年年增加。疾病、意外、自殺……活著的人見面時，話題不離那些，外婆嬌小的身軀全部承受。

連我都感覺得到，外公死後，外婆的身心已無餘裕承受別人的人生。知道這樣勉強繼續下去，外婆的某個重要東西會受到傷害。

近在外婆身邊的千鳥，應該有更確切的感受吧。

於是舉辦盛大的關店party，為上一代的「綠酒館」完美收場。

三個月後，外婆發現罹患癌症。才說要和千鳥一同悠遊各地的，結果，只能抱著病體，去山梨和九州泡溫泉。那是休假時常應客人之邀到各地旅遊的外婆的最後之旅。我看過她們的旅行照片，那個氣氛讓人感到外婆的一切已如風華最盛時期的影子般寂靜，即將結束。

關店之夜，外婆像以前一樣，化上美美的妝，唱歌，和大家一起看以前的錄影帶，含淚笑說回憶，舊雨新知進進出出。

只有那天，大家盡力揮灑真性情。

不知何時熱鬧到馬路上的那一夜，在熱鬧中結束。

沒有人來抗議，到處都是眼眶含淚的人。每個人都輕聲問候、送上鮮花，包括媽媽的插花，店裡滿滿是花。

簡直像慶祝開店一樣。

歌聲響徹馬路，也響徹建築物縫隙間看到的星空。

我們痛快咀嚼一個時代結束的哀傷，看著僅此一夜盡情歡樂的老年人。每個人都帶著年輕時的心情聚集在那裡，完全忘記剩下的時間已經很短。

那是超越時空的不可思議party。

外公外婆和千鳥提供場地、精心打造出來的許多回憶，像看不見的光，照亮店裡。

那裡有許多夜的聚會，有各種時期，人們來店的時候，常常坐在吧臺邊，暫時忘記人生有限。

他們初次來店見到外公外婆，已經過很長的時間。當時，大家都還年輕，外公外婆也還年輕。

有過縱情歡鬧、失戀、升遷、落魄、外派、去世……數不盡的各種事情。

他們回到年輕時的心情，但外表已完全是老先生老太太，很不可思議。

歷任的小媽媽也濃妝豔抹地來到。不可思議的光景，讓人好奇那是費里尼還是大衛．林區的電影。她們穿著跳社交舞似的華麗衣裳，穿梭店裡，幫忙外婆，揉著外婆的肩膀。

「結束的漂亮，和開始的華麗，是同樣的美好。我年輕時就能看到那些、知道那些，真的很幸運。這世上沒有一個毫無美好之處的東西，如果觀看的人眼中有美，任何事物都有美。」

千鳥說。

千鳥的側面也非常美。

我們怎麼坐上這樣的人生之船的？

只為了接受、咀嚼經歷過的環境，在美好之中前進。

「明天回倫敦，後天再去巴黎……我就是喜歡巴黎。交一個男朋友回去，以備中年之需。」

千鳥說。接著，她一邊敷臉，一邊把面膜遞給我說，妳也敷一下吧，英國太乾燥。

我取出面膜，敷在臉上。

「真好，巴黎。可能是倫敦的日本人太多，我一點也不吃香。」

「妳來玩啊，坐歐洲之星，一下子就到了。週末還可以去聖日耳曼德佩區喝茶，光是這樣約定，不覺得很過癮嗎？」

千鳥笑說。

又為這趟旅行加上一點未來之光、小小的第二章瞬間，我不覺滿臉是笑。

「我要去、我要去，因為還有兩個禮拜。我想去雙叟咖啡廳，呆坐一整天，說不定真的有豔遇。」

我說。

「下一個男人，沙沙不慎重不行，別再被那種魔術師似的人騙了，因為妳不像我，喜歡樸實的男人。」

千鳥說。

「魔術師啦、孤挺花啦、隨便大家怎麼說……那段婚姻能給大家製造話題，滿好的。不過，我是不敢再靠近讓我做夢的人了。」

我說。

「沒錯，沙沙應該擁有最高的幸福。外婆也說，那孩子很乖，希望她幸福，一輩子幫助千鳥，作個好姊妹。」

千鳥說。

我心深處突然閃過外婆的影子。

千鳥還敷著面膜，已經睡著了。

我輕輕撕下她的面膜，丟進垃圾桶，關燈。

雖然她已入睡，我還清醒，但不覺得寂寞。

窗外是不變的幽暗之海，在這裡做了吃飯、性愛、開門、關門、洗臉等生活瑣事後，此處已經變成我們的家，寂寞因而消失一些。旅行的魔法包住我們。

是這樣嗎？不論如何累積情愛，因為一直不能組成家庭，所以，不倫都很寂寞。我自言自語，關掉電燈。

「可以一起拍照嗎？」

最後的早晨，千鳥問帥哥廚師。他露出靦腆的笑容，我用手機拍下他們和晨光中的雪白盤子。

千鳥有點害羞，臉有一點腫，很迷人。

因為難得，我也一起合照，吃著熟悉的華麗擺盤早餐和紅茶，欣賞照片。

我們滿臉是笑，和超帥的年輕英國人並肩而立。

「這完全是歐巴桑的舉動嘛。」

我說。

早晨的海在遠處湧起波浪。

眼前的丁字路，明亮地貫穿安靜的小鎮。

「沒關係啦，變成歐巴桑，很好啊。肯定是最好的，僅有一次的無比經驗。」

千鳥說。

我點頭微笑，認同真的是這樣。

以前不會這樣想。我喜歡新鮮、剛開始的事物，喜歡不老舊、閃亮的東西。

可是現在，一切都只是人生旅途的景色之一。

新的、舊的、好的、壞的，漸漸沒有區別，只留下成為自己核心的東西。感覺孤獨寂寞時，看看四周，會發現廣闊的大海河流中，有很多同樣的船。

這種感覺最棒。

「幾點的電車？」

千鳥拿出時刻表，攤開在桌上。

我們此刻在這裡，在這一點之上。

這麼想時，感覺又有一片布幕拉開了。要拉開多少布幕、燃起多少希望後，才下船呢？

晨光中，千鳥認真看著時刻表，瀏海微微飄動。

我以幸福的心情看著她，那是活著的證據。

喝著溫熱的紅茶。

只有五天，我沉浸在包場的千鳥酒館裡。
那是幸福的春初。
那樣就好。

千鳥酒館

作者—吉本芭娜娜
譯者—陳寶蓮
主編—嘉世強
編輯—邱淑鈴
美術設計—白日設計
封面及書名頁繪圖—朝倉世界一
內文排版設計—時報出版美術製作中心群
總編輯—余宜芳
董事長—趙政岷
出版者—時報文化出版企業股份有限公司
108019台北市和平西路三段二四〇號四樓
發行專線—（〇二）二三〇六—六八四二
讀者服務專線—〇八〇〇—二三一—七〇五
（〇二）二三〇四—七一〇三
讀者服務傳真—（〇二）二三〇四—六八五八
郵撥—一九三四四七二四 時報文化出版公司
信箱—一〇八九九臺北華江橋郵局第九九信箱
時報悅讀網—http://www.readingtimes.com.tw
電子郵件信箱—liter@readingtimes.com.tw
法律顧問—理律法律事務所 陳長文律師、李念祖律師
印刷—勁達印刷有限公司
初版一刷—二〇一六年七月二十九日
初版四刷—二〇二三年七月二十六日
定價—新臺幣二五〇元
（缺頁或破損的書，請寄回更換）

時報文化出版公司成立於一九七五年，
並於一九九九年股票上櫃公開發行，於二〇〇八年脫離中時集團非屬旺中，
以「尊重智慧與創意的文化事業」為信念。

千鳥酒館 / 吉本芭娜娜著 ; 陳寶蓮譯. -- 初版. -- 臺北市 : 時報文化, 2016.07
面 ; 公分. -- (藍小說 ; 834)
ISBN 978-957-13-6726-2(精裝)

861.57 105012339

Snack Chidori by Banana YOSHIMOTO

ISBN 978-957-13-6726-2
Printed in Taiwan